对生活
轻吟以待

孙滨 著

广西师范大学出版社

·桂林·

DUI SHENGHUO QINGYINYIDAI
对生活轻吟以待

图书在版编目（CIP）数据

对生活轻吟以待 / 孙滨著. —桂林：广西师范大学出版社，2021.8
ISBN 978-7-5598-3856-8

Ⅰ.①对… Ⅱ.①孙… Ⅲ.①随笔－作品集－中国－当代 Ⅳ.①I267.1

中国版本图书馆 CIP 数据核字（2021）第 105078 号

广西师范大学出版社出版发行
（广西桂林市五里店路 9 号　邮政编码：541004）
（网址：http://www.bbtpress.com）
出版人：黄轩庄
全国新华书店经销
湖南省众鑫印务有限公司印刷
（长沙县榔梨街道保家村　邮政编码：410000）
开本：880 mm × 1 240 mm　1/32
印张：7.5　　　　　字数：85 千字
2021 年 8 月第 1 版　2021 年 8 月第 1 次印刷
定价：48.00 元

如发现印装质量问题，影响阅读，请与出版社发行部门联系调换。

推荐序

那个少年

——倪萍

孙滨导演是艺术的孩子,所以他一直长不大。

二十几年前我们在一起做《综艺大观》《春节联欢晚会》时,他二十几岁,我三十几岁。年轻的我们充满了热情,不知柴米油盐地沉浸在电视里,那样的日子多飒呀!

转眼到了《大幕开启》,我已然成了老同志,孙滨却依然年轻。他眼里充满了孩童般的好奇,像是在不停地向世界发问:艺术不可以取代一切吗?

他选择了电视,电视也成就了他。他默默地坚守在电视里,无论春夏秋冬。孙滨像个战士一样永远战斗在前线,我不停地问他为什么。

因为热爱,我懂了。热爱了才能坚持。

孙滨的电视作品里，美永远是第一的，从前是，现在更是。他从不曾向低俗让过路，他相信美可以净化心灵、涤荡灵魂，美是可以使人幸福的。于是你看见的孙滨总是一副幸福的模样，幸福来源于他的知足。所以孙滨的生活很简单，一支笔、一本书好像就可以是他的全部。让人惊讶的是，他的第四本书就要面世了，写满了他对生活的感悟，这是另外一种坚持吧。

孙滨对艺术的感知力很厉害。我们做《大幕开启》歌剧《沂蒙山》的时候，我最后那句撕心裂肺的哭喊——"小山子、林生，我们一家三口永远在一起"，他说他当时听得浑身都颤抖了。

我哭了，孙滨理解了我的创作，我们是知音。

日后的每一场录像，我的台词处理他都懂，我坚持不用提词器他也懂。台词都在我心里，用情把它说出来而不是用嘴，他懂。

现在回想，孙滨在电视文艺这条路上一直坚守自己的风格，他是有追求的，这种追求是与众不同的，也是高级的，不落俗套的。

孙滨注定是孤独的，且他享受这份孤独。我仿佛能想象到几十年之后，一位白发老人依然在电视文艺这条路上走着，那是他的诗和远方。

这位老者，其实也是少年。

目录

01 推荐序　那个少年
001 序曲　没有指挥便能流淌的引子

一

烟花唤醒白夜的奏鸣曲·浅规则

007 立春后的雪,何处寻找生气?
011 把时间浪费在花花草草上的五月
015 你向往的生活是不是也和他一样,有七间房?
021 翡冷翠,听着就想去的地方
025 记住这三句话,你会活得更好
031 嫉妒,毫无逻辑可言
035 一张面巾纸都有人珍藏,你还有什么理由抱怨?
039 "乱七八糟"的学问
043 把最美好的时间,放在让自己快乐的人和事上

二

白驹若飞般的变奏曲·小世界

049　突然发现，2000 年已经是 20 年前了！

053　你大姐还是你大姐，不服不行

057　一手握一个最爱，这才是女神的样子

061　后来的刘若英

065　当得了影星也当得起学霸，她可不跟你玩假的！

069　妈妈一句玩笑话，竟然让女儿成了作家

073　一场暴雨，也许是人生最好的一首转场诗

079　佛系成功法：低头修炼，抬头夺冠

083　不敢说累不敢说爱的男人最可爱

087　坚持，是你人生最大的大宝剑

093　总有一双水晶鞋，在某个地方等着你

三

红尘间喧闹的谐谑曲·微欢喜

- 101 "52岁大爷"这个老哏
- 105 我被巴扎黑圈粉了
- 109 和球盲看球,是怎样一种极致体验
- 113 扶朕起来,朕还能再笑一会儿!
- 117 松岛君终于急了
- 121 你是不是又一次咬牙买了健身卡,然后又一次把它丢在了风中?
- 125 第一个相中小麦果腹的人,简直了不起
- 131 我朋友圈里有这几个人,你有吗?
- 137 小心眼儿的男人,心眼儿能有多小?
- 143 只需早起,就能找到故乡吗?
- 147 请回答,我们和韩剧还差几条街?
- 151 现在的歌,怎么越来越不好听了?
- 157 只要你留意,处处都有快乐

四

欢声笑语间流转的回旋曲·暖时光

167　有一种夏天，叫小时候的夏天

175　用现在孩子们的条件，过我们小时候的日子，那才完美！

181　苦中作乐，也是一种智慧

187　我和冯唐比不了，但我老爸和他老爸有一拼

193　那时候，赛特竟然还能是免费展览馆

199　顿顿可劲儿造，一览众"衫"小

203　做什么饭啊，吃两颗胶囊得了！

207　新冠时期的插曲

211　有时候伤害孩子的，恰恰是他们的父母

217　家教是送给孩子最贵的投入

221　成长，总有几次"咯噔一下"

225　尾声　悠长深远的阿卡贝拉

♪

[序曲]

没有指挥便能流淌的引子

床头的灯
是日和夜的
分割线

关掉它
便掉进了梦的
深渊

白日里好的和不好的
都以另一种方式
再过一遍

精彩，
从下半场开始

如果一个人的理想寿命是100岁，那么进入50岁，就意味着时间过半，开始了人生的下半场。

一部好戏，前半场负责故事情节和人物的铺陈，到下半场往往才开始跌宕起伏、峰回路转。

一场球赛，上半场双方活动手脚小试牛刀，到下半场才是针尖麦芒火力全开。

无论是高潮迭起的戏剧还是刀枪剑戟的比赛，精彩，大都埋伏在玄机重重的下半场。

想象一下，50岁的自己，像当初冲出娘胎一样，重新面对这个新鲜的世界，把之后的每一天认认真真地过，将会是怎样的情景？

我们的皮肤有了褶皱，内心也更有层次、更加厚重，外表早已不是主打歌；我们的手脚不再那么肉嘟嘟，但可以做你想做的任何一件事，走你想走的任何一条路；我们不会再把一个温暖的怀抱当作全世界，而自己就是那个小宇宙……

经过上半场的厮杀，我们都变得太聪明、太敏感、太神经兮兮，把任何不安全的因素放得无限大；与各种名利过招，我们变得太油盐不进、太麻木不仁，以至于幸福来敲门都听不到声音。

放下你所有的经验和经历，用孩子般的单纯和好奇对待接下来的日子吧！

经过上半场的磨砺，我们还可以褪去锋芒，像那片静静的湖水，慢慢地读湖底的水草、小鱼甚至淤泥，得出与彼此初次相见时不一样的见解；细细地品湖边的垂柳、斜阳甚至风雨，领悟司空见惯中不可多得的珍贵。

我曾经问知名导演娄乃鸣，进入人生下半场后最大的感悟是什么？她说："膛大点。"这看似简单的三个字却浓缩了她的人生经验：包容以前无法包容的事，接纳以前无法接纳的人。

现在，我站在下半场的开端，尝试着用更开阔的视角，更宽容的心，聊一聊我遇到的自己，遇到的他人，和我们共同组成的这个多彩的社会。也许，其中的某个细节会是一把钥匙，不经意间能打开你内心某扇紧锁的门，找到那个落满灰尘的答案。

其实，人生就像一部交响曲，有柔和的慢板，也有铿锵的节奏。此刻，序曲已经展开，就让我陪着你仔细聆听吧！

[一]
烟花唤醒白夜的奏鸣曲·浅规则

菩提树长在了

峭壁里

宣示着一种硬朗

穿袈裟的人

无声走过

隐藏着一种柔软

我把双手合十

想和你

说说话

立春后的雪，
何处寻找生气？

庚子年立春后，北京连续两天下雪。多年未见了。

小区里的车，穿着厚厚的白衣，安静地卧着，没有一辆打算行走在春天里。

每条路，无论大小，都盖了厚厚的棉被，睡得很香的样子。没有人打扰它们，没有一个脚印。如果你仔细观察，偶尔会发现某个靠墙角的地方，有星星点点的小圆坨，慌慌张张地排成有些弧度的虚线，那是猫的痕迹。

干枯的树枝上仿佛种满了棉花，在你的注意力里都臃肿了许多。树枝上的雪，在某个角度，会虚弱地反射着太阳的光，拥有颗粒般的质感。当你想多看它几眼时，突然又掉落在地上，没有一点声息。

天空，好像在和谁生着闷气，不打开心胸，也不爽朗地笑，哪怕暴脾气上来撕裂一道口子呢，也不。只在你也想替它大吼一声之际，静默地又飘下几缕雪来，听不到藏在心里的啜泣。

这个不真实的春天,就这么童话般地来了。但,没有丝毫生气,没有丝毫灵动,哪怕点缀一声鸟鸣也好啊,没有。

有的是伤感,无力,焦躁,还有说出来或说不出来的慌张。

人们像看一幅冰冷的画一样,看着窗外的景致。第一次有这么好的雪,却漠然处之。

关在屋子里的每个人,锈在了床上、沙发里,成为手机死心塌地的奴隶。一巴掌大的屏幕,仿佛握着根小鞭子,冷不防地抽你一下,让你惊恐,让你愕然,让你揪心地疼,不由自主地叫出声来。

好在,它常常收起了鞭子,生起个小火炉,暖你的手,暖你的心,暖得你眼泪汪汪——

患渐冻症的那位院长,拖着不给力的腿,在治病救人的岗位上一直咬牙坚持。残忍的是,他自知生命还剩下多少日子;伟大的是,把这金贵的日子都给了患者。

火神山医院,是从魔鬼手中抢出时间建好的。拼尽想象力也想不出那些建设者们究竟付出了多少心力。当领到辛苦钱的时候,有位小哥却分文不取,情愿把那些浸满汗水的报酬全部捐给最需要的人。那憨憨的笑容把整个黑夜都融化了。

还有,疯了一样从国外人肉背回防护用品无偿送给医生的人;还有,爸爸妈妈都是医生,留下他独自生活,流着委屈的泪却安慰自己要坚强的小男孩;还有,含辛茹苦用拾荒换来的钱，执意全部送给武汉的老奶奶……

还有很多很多。他们恨不得把心窝子都掏出来。

我记不住他们的名字，但跟他们相关的每件事都会像刀子般刻在我的记忆里。

雪停下来。

我看见邻居母女俩，拿起工具清扫大门前的空地，口罩里的说笑声不时传到耳边。

像战士一样严格把守小区大门的保安，身上个个都紧裹着一次性雨衣——有好心人送来的，让他们多加一层防护。

外卖小哥从早到晚给各家送菜，我想给他塞个红包，但他坚决不要，并嘱咐我，生鲜外包装不用动，把里面的食品拿走后，他明天过来一起收。

……

眼里的，耳里的，心里的，渐渐又让我感到了涌动的生气，鲜活着，化了那冰冷的雪。

不出门的日子，闺女重又弹起了钢琴，手法并不生疏，克莱门蒂的《小奏鸣曲》依然欢快悦耳；孩儿她娘也哆嗦着学起了琴，并且生平第一次在闺蜜的视频指导下发起了绿豆芽，尽管泡三天了那白色的芽还像细细的线头，但每一颗都挺精神，凌乱中写满了生机；我把书架上好看和不好看的书差不多都翻了一遍，老舍笔下的骆驼祥子和莫言笔下的"我爷爷"重新让我敬佩了一遍。这俩铁汉子面对一切磨难的那股子精神头儿，我得好好学学。

　　武大的樱花一定会和往年一样灿烂。无论如何，此生我一定要去看看！

把时间浪费在花花草草上的五月

朴树的《生如夏花》是唱给七月的,汪峰的《怒放的生命》才是唱给五月的。你难道不觉得,所有的花花草草,无论是身处大山还是娇卧阳台,到了五月,都长得格外卖力。仿佛老天爷按响了发令枪,不管有没有名气和姿色,都拼了命地绽放。我认识的一位女诗人曾经写下一句著名的歌词:"用第一朵花开的声音,为世界唱一首歌",估计她就是在五月的暖阳下写出这一金句的,因为只有在这个时候,花才开得轰轰烈烈。

尽管我没有听到过那种声音,但我用精神感受到了那种力量。而且我相信,每一朵花都是开给欣赏它的人的。你静下心来看每一片花瓣每一束花蕊,它都想尽法子取悦你的心灵;下一次你们再相互对视,它仿佛拿出了更好的姿态来迎接你,而且毫不隐瞒地写满了对自己的歌颂。

所以,我愿意把大把的时间,浪费在五月,浪费在那些有名没名的花花草草上。

有很多人都跟我一样，经常会在花卉市场闲逛，每个摊子都瞧瞧，每种花都看看，买不买在其次，过程是很受用的。这点像极了姑娘们逛服装店的样子。

当然，最中意的尖货是一定要买来的，而且一定要配上造型、色调相合的花盆。回到家，把花栽到盆里，培土、施肥、浇水，最后放到光线最适合的位置。这一系列的工作细细密密地做完，会花掉小半天的时间。坐下来，喝口茶，看着因花朵而变得活色生香的家，你会觉得这时间浪费得一点都不后悔。

三毛曾经说，我爱马，爱花，爱这些有生命才能懂得去爱的东西。

同意。

还有人说，爱花的人都怕老婆。

严重同意。

我老爸就是一个鲜明的例子。小的时候，我们住在厂矿统一分配的平房里，唯一的好处是每家每户都有个小院子。老爸在家庭大事上做不了主，但对院子的布置却能极大地发挥主观能动性。他爱花的程度登峰造极，月季、牡丹、君子兰、倒挂金钟……反正能开花的他都淘到院里来，听到谁有新品种，马上拿盒上好的"大境门"烟换回一枝来，栽到花盆里细心呵护。所以，在我们那片生活区，我家是最漂亮的，推开院门，清幽的花香便扑鼻而来，那满眼的色彩，顿时让你觉得，就算饿着肚子也是蛮光荣的。

为了让花草长得好，老爸每天乐此不疲。那会儿没有京东淘宝，买不到高效的花肥，他便自己动手做。我清楚地记得有一天，老爸乐呵呵地拿回一包东西，打开报纸一看，是些黑乎乎的、像木工活下脚料的东西。他很神秘地告诉我，这是马掌屑，就是人家赶马车的给马修蹄子时用刀片割下来的废物。我百思不得其解，这些谁都不要的脏东西留它何用呢？

老爸找了个玻璃瓶，把那些莫名其妙的东西倒进去，再泡水密封。大概有半个月的样子，我遭遇了见证奇迹的时刻。老爸把瓶盖拧开，就像潘多拉打开了魔盒，一股难以名状的恶臭在我毫无准备的情况下，差点把我熏一个跟头，现在在地铁上遇见那种杀伤力神勇的臭汗脚，我都泰然自若，因为咱经历过，那踩过艰难险阻的马蹄子比这可透彻一百倍！

但见老爸从容不迫，我的惨状更激发了他的创作激情。他把那些浑浊的臭水稀释开，又加了点奇奇怪怪的东西，搅匀浇到每一个花盆里。那神态，比给他一块臭豆腐还满足。

真正见证奇迹的时刻是又过了半个月，不知是哪匹骏马的马掌，发挥了超乎想象的作用。在它的滋养下，每一朵花都开得那么卖力，每一片叶子都尽情舒展着筋骨，仿佛那上面都能淌出油来！

那时谁家都没有相机，但那些怒放的生命却胶片般永远印在了我的记忆里。每到挂满星星的夜晚,老爸不怕麻烦地把一盆盆米兰和夜来香都搬回屋里,让我们枕着香气入眠,享受神仙般的待遇。

把时间浪费在花花草草上,真不是无谓的事,它给你带来的,是实实在在的美好!

你向往的生活是不是也和他一样，有七间房？

梦，有时还是要做一做的。

不做梦，怎么知道自己这辈子向往的生活到底是什么样子的？

老舍先生在二十世纪三十年代曾经落笔描述了他的理想居所：

一定要有七间小平房：四室一厅一厨一卫。

首先，他要独占一间卧室，里面有一张超大超软的床。大到横睡竖睡都可以，可劲儿造，打滚儿都得打一阵子；软到怎么躺都觉得舒服，像是陷进了棉花堆里，一点也不碰硬骨头。啥？太软对腰不好？不管，软就是了！

还有，不能有臭虫！

其次，书房也很重要，因为读书和睡觉都是要费一整块时间的。里面的书要多，不管什么版本都是自己喜欢读的，随便拿一本就满足；他甚至对书桌提出了特别要求：桌面一定得是中国漆的，否则放上热茶杯会烫出圆白印儿来。这真真有点意思。

另外，桌上还得老有一两枝鲜花插在小瓶子里。

再次，客厅里要有几把很宽松的椅子，一两张小桌，方便与客人闲聊。肉体和精神都很舒服最为重要，古玩书画之类的没什么必要。在家里，不用装。

不必要的还有：电话、播音机、麻将牌、风扇、保险柜……他老人家很倔地说，这些是故意不要的，有人白给也不要！

爱咋地咋地。

看来，现在很多人在家里坚决不摆电视机，估计都是跟老舍先生学的。

除了七间房，还要有个大院子，因为要打得开太！极！拳！如果是阳台那样巴掌大的地块，怎能运天地之气在双手？怎能揽乾坤之韵在胸膛？所以，得大。

除了练太极的场子，其他的地方便都种上花草，好养活的那种，不求珍贵费事，只求昌茂多花。靠墙的地方种几棵果树，春天看花，秋天品果。

他还合理配置了几只活物：屋里至少有一只花猫，院里至少有一两盆金鱼；小树上悬着小笼，二三绿蝈蝈随意地鸣着……

怎么样？听起来都惬意吧？

他给这样一个完美之家设定了坐标：顶好是在北平。

不知道后来老舍先生有没有过上他中意的理想生活。无论怎样，他先在笔下描绘了蓝图，给自己的"心向往之"打下了美好的基础。

现在，该轮到我大胆地设想一番了。

我要的房子须靠着海，离那碧波不远不近。太远得坐交通工具去看海，不自在；太近，则家里太潮湿，被褥黏腻，不爽。走一刻钟，或骑山地车须臾便到，顶好。

你问为何偏要挑海？因为大海专治不开心。我小时候看露天电影，那里面很多人一有愁苦便跑到海边，海鸟啾啾啾地叫，白浪哗哗哗地拍打礁石，不一会儿，TA的眉头就舒展了，呼吸就顺畅了，往往此时便响起了旁白：再大的困难也难不倒TA，革命意志在风浪中更加坚定了！

你看，人生不如意十之八九，溜达到海边，一切都成过往烟云了。这比帕罗西汀片治抑郁症还管用，而且绝无副作用。

你说你住在北京能去哪儿？后海？后海能是海？在去后海的路上堵车也得把你堵得更抑郁了。

接着幻想。

我要的院子不用太大，能宽松地打羽毛球而不至于球总飞到墙外即可。脚下绿草茵茵，按郁达夫对院落的要求，"草地中间的走路，总要用白沙来铺才好"。你看，不是地砖，也不是木板，而是细腻无瑕的白沙。我也要诗人的这种好品位。

院中的花要次第开放。春天要有樱花怒放，玫瑰袭人；

夏日要有蔷薇满目，白莲依水；秋晨要有桂花凝露，木槿映霞；冬午要有蜡梅暗香，山茶含笑……总之，院内不能空无色彩，总有能让人驻足的那么几朵。

你爱不爱花我不管，反正我看了开心。

邻人应该不是那种暴发户，穿金戴银地出来，晃眼。最好是淳朴的山里人，他们静静的，不张扬；生活，不慌不忙。"半岁的鸡娘，新生一蛋，其乐也融融，与国王年老，诞生独子时的欢喜，并无什么分别"，郁达夫如此描述这样人家的情景。

跳回来说书房。

书架要满墙，尽量宽尽量高，不要无谓的设计，踏踏实实好放书就行。书都是我喜欢的作家写的，古代的少些，现代的多些；小说少些，散文多些；诗集像炒菜时放的花椒大料一样，点缀点缀，提提味。

最好每个格子都填得满满的，要不然看着总不舒服。

电子书是断然不能摆在里面的，如沦为盖方便面神器的某物，是坚决不能要的，得采取老舍那样的态度：有人白给也不要！

书一定是白纸黑字的集合体，几百页的神物，须一张一张地拜谒。每翻过一页，都留下指尖的温度和内心的满足。逢喜欢的句子，还可以拿彩笔画上横线，无论再过多久，看见这些彩线就会重逢那个曾经被打动过的自己。

厨房一定要比书房大，除了炉灶、操作台之外，最好里面还能放得下一张六人位的餐桌。一来，菜出了锅就能转身端到桌上；二来，餐食的味道也不会窜到其他屋子里去，岂不妙哉？

我在厨房待的时间不会比在书房待的短多少，因为我爱做饭。一日三餐，可以像写作一样，充满创造感。其中的起承转合同样得有讲究，虎头蛇尾、画蛇添足都是大忌。最简单的食材最难做，比如醋熘辣白菜，菜帮子少一点不行，勾芡多一点不行；红辣椒放早了不行，醋烹晚了也不行。就像写作文，题目是最简单的《记难忘的一天》，大作家如果有一点点不用心，也不会写出精彩的篇章来。

做饭最大的乐趣是老婆、闺女都喜欢吃，而且不吝赞叹。因为她们知道，赞得越凶我做得越勤，还心甘情愿，肝脑涂地。

客厅是最没什么可说的，大小无所谓，沙发别太软，电视必须有，我俗。主要是能看看我做的节目，证明一下每天早出晚归没去玩闹；也能看看别人做的节目，脑补一下他们熬着大夜受尽煎熬的模样。嘿嘿。

我向往的生活就是这样。

这等于在纸上梦了一回，估计每读一次就会笑醒一次。

翡冷翠，
听着就想去的地方

黄永玉曾经对大诗人徐志摩给予最准确的评价，说他有一个极限功绩是为一些好地方取了绝佳的名字，比如"康桥""香榭丽舍""枫丹白露""翡冷翠"……

我们常听说的那个城市名曰佛罗伦萨，而经徐志摩大师的提炼和诗化，就变成了翡冷翠这样一个充满想象力又情调十足的地方。

翡冷翠，这三个字值得琢磨，值得玩味。其中仿佛有贵妇的叹息，有风流小生的历险，有探寻者的悬念……让人拍案叫绝，听着就想去。

看来名字真的很重要。

只可惜，这样绝美的名字太少了，俯拾皆是些像大白话一样的称谓。记倒是好记，但仿佛缺点什么，不信，你细细品。

回头再看翡冷翠，一个经艺术滋养的城市，是欧洲文艺复兴的发祥地。别忘了，那里有举世闻名的大卫，男体雕塑的巅峰之作。记住这个光着身子的男人,也就记住了翡冷翠这座城市。

能起这样名字的人不得了。上大学的时候我们老师讲,徐志摩是阴柔派的代表,自带百分百的婉约风。我看也是,他原名章垿,在英国留学时随手改叫志摩,有种朦胧之美。他还用过笔名"云中鹤""心手",风格相似。最令我吃惊的是,还有一个叫"删我"——像极了00后小姑娘的网络签名。

看他的照片,就更明白了这些名字的出处是有道理的。那张留存于二十世纪之初的黑白照,透着月光般的柔美。从上至下,挑不出一点瑕疵:中分乌发纤尘不染,弯弯细眉似仙人点画,金丝眼镜写满了情调,嘴角上扬却流露出一丝忧郁……

如果生活在当代,那一定会在选秀舞台上被粉丝力捧夺冠的。

但我估计志摩兄是不悦于歌唱的,他用另一种方式抒情:写诗。

说到这里,我得感谢这位大师,因为早年间我曾经用他的《再别康桥》参加过省级电视朗诵大赛,并且获了奖。继而上了主持人培训班,后来出现在我们山城电视台的屏幕上,再后来被招入《东方时空》麾下成了一名出镜记者……

没有徐志摩就没有现在的我。嗯,推理完毕。

他的另一首诗当时参赛的时候我没敢选,那就是名满天下的《翡冷翠的一夜》。他以一个小女子的口吻来描写对爱的向往,对情人的思念,对相聚的憧憬。全诗细细密密哀哀怨怨缠缠绵绵,哎呀,在众人面前万万念不出来。感觉他那个年代的文字比现在都炽烈——

> 别亲我了;我受不住这烈火似的活,
> 这阵子我的灵魂就像是火砖上的
> 熟铁,在爱的槌子下,砸,砸,火花
> 四散的飞洒……

当然,全篇除了爱再没跟翡冷翠有半点关系。但仅仅是在题目中出现了一下,就惊艳了整个文坛,佛罗伦萨便有了中文的独特命名。

出自徐志摩之手,一点都不意外。

就冲这三个字,我一定要到翡冷翠去转一转!

记住这三句话，
你会活得更好

活不好的人往往有太多心结。一个结打不开就能掉层皮。

我有三句话，如果你认同，真听进去了，那么心里的疙瘩会一个个慢慢解开，把囚住的你解放出来，该吃吃该喝喝，味蕾敏感，食欲大长，增肥显著。

这三句话不像古人"立德、立身、立言"那么哲学、那么宏大，也不像冯唐"不着急、不害怕、不要脸"那么不正经，而是实实在在的大白话，像哥们儿吐完烟圈的直抒胸臆，像闺蜜同吃一个冰激凌后的耳边细语。

第一句话：没几个人会真心为你喝彩。

大多数人——无论是牙还没长全的学龄前儿童，还是学问能"滋一身"的资深泰斗——做事情，总期待别人的盛赞。脑海里潮涨潮落的每一朵浪花都激荡着四个字：好评如潮。

但事实上呢？每次你觉得大功告成的时候，除了爹娘、爱人、仨俩铁杆儿外,"好"字是不会轻易从他人嘴里说出来的。同行尤甚,周围人更甚。

所以,你志得意满地为刚刚完结之事发了朋友圈,还没有微博上陌生人的点赞多。你加的那些好友,都像冷风一样飕飕飘过,仿佛在你这条消息上稍做停留,都要破坏他们好心情似的。

于是你沮丧,你阴郁,你想不明白为什么得胜之歌只有你独唱而没人来应和。

你不开心的主要原因,就是还没明白,这世界上,没几个人会真心为你喝彩。

当年我入行的时候,老导演就告诉我一个判断节目做得好坏的标准:如果头天直播完,第二天一进单位就有人笑脸相迎,大声说"不赖不赖",那就意味着,你昨晚的活儿搞砸了。那些一连串的"不赖"相当于一种揶揄,一种调侃:你的节目烂,不赖你,因为你的本事还不够。他那么爽朗,是因为你的表现还不足以威胁到他的优越感。

相反,如果你没遇到什么搭讪,见到你的人都顾左右而言他,强行聊点天气聊点堵车啥的,恰恰证明你成功了!你的优秀表现开始扎扎实实地让别人在意了。

人,都一样。发自内心地夸你?想什么呢!

所以,融会贯通地弄明白这一点,你取得了成绩,自己高兴一会儿,偷着乐一会儿,足矣。别指望锣鼓喧天鞭炮齐鸣,不遭人恨,已经是赚到了!

第二句话:没几个人真正懂得感恩。

《大明风华》第一集有个感人的情节:御史大夫景清靖难时惨遭杀害,其鼎力帮助过的孙愚将军立下誓言,将恩人的小女若微在危难之时抚养起来,如自己的女儿一样善待。拳拳报恩之心令人动容。

这样的典型人物,现实生活中并非比比皆是。说凤毛麟角有点过,但真正懂感恩的人着实不多。

你倾尽心力帮助过的人,一开始TA还心存感念。等日子一长,TA便飞得更高,心思也更飘了。别人问起来,就答"这都是我自己努力的结果!"——这话没毛病,不努力谁也成功不了。但那个为其搬第一块砖铺第一米路、手把手帮其迈出第一步的人,早就被抛在了脑后。仿佛,你从来就没出现过,跟TA没半毛钱关系。

这种事好像在影视圈特别普遍。经纪公司往往一把屎一把尿地把演员拉扯大,可有朝一日TA一旦有了点名气,便抬腿把老窝给踹了,还理所当然。

既然如此,你就坦然接受吧,毕竟舍生忘死义无反顾的孙将军可遇不可求。

既然求之不得,那又何必寤寐思服呢?把帮助当作一种快乐,把给予当作一种幸福,也是可以的。这样,你就不会心理失衡，有感恩的回馈，自然高兴；没有，也不成问题，风轻云淡太阳照常升起。

第三句话：没几个人不喜欢听好话。

你觉得大家都不是小孩子了，没必要经常说好听的。其实，你错了。就是耄耋之人也爱听"您眼睛一点也不花"这样的假话。

人是虚荣心很强的动物。

在甜言蜜语面前，小战士和大将军是同一个智商。

在电影《好莱坞往事》里有这样一个桥段：由"小李子"扮演的那个过气演员，一心想在好莱坞翻红。历经坎坷，终于又得到一个角色。镜头前一次投入的表演后，演对手戏的小姑娘给了他肯定和赞扬。你能想到吗，一个孩童的一句"你演得真好"，竟让那位身经百战的戏骨老泪纵横。

你看，哪怕一句敷衍的好话听起来也颇为受用。所以，不要犯傻，吃亏的，总是爱说大实话的人。

跟上级说了不入耳的话，你估计很快会不入流；跟下级说了不好听的话，TA或许很快就和你不同心。

所以，你得学会经常使用"都挺好""真不错"这样的词语，说的时候还务必自然，不做作，不弄情，因为夸人也是一门艺术。

总之，你明白了这三句大实话，就不会跟自己较劲与别人计较了。心领神会之后，会忽然发现，天地宽了，气息顺了，身体倍儿棒，吃嘛嘛香。那些负情绪，赶紧当作废气，痛快放了吧！

嫉妒，
毫无逻辑可言

那个自诩智商无人能及，可以超过自己的人，要等他死后二百年才能出现的怪咖"谢耳朵"，竟然会被嫉妒折磨得要死。

原因是身边的地质学家伯特获得了麦克阿瑟奖。

当得知这个奖项会有50万美金，且可以自由支配时，"谢耳朵"的表情都扭曲了，恶毒地说："反正他住桥底下，这下可以重新建座大桥了。"

众人惊诧。

在整个十二季的《生活大爆炸》里这是极端表现"谢耳朵"小肚鸡肠的桥段。过了嘴瘾之后，他还是无处发泄胸中的那股邪火。

于是，他搬起伯特研究的石头，砸了自己的脚；本想锤饮水机一拳，却趔趄着碰破了额头……

他无比狼狈地跟同伴感叹："嫉妒，简直毫无逻辑可言！"

没错，那股黑色的邪恶情绪有时是无法控制的。

但丁说，骄傲、嫉妒、贪婪是三个火星，它们使人心爆炸。

这个炸药包的导火索，就是有人比自己优秀，有人取得了显著的成绩，有人过上了美好幸福的生活……

比如，熟读《孙子兵法》的孙膑才智过人，便引得庞涓同学妒火中烧。原本榜样就在身边，可以好好学习一下，但他没任何打算虚心求教，而是找机会使出了阴毒的招数，在魏惠王面前诬陷孙膑私通齐国。

结果，魏王龙颜大怒，在孙膑的脸上刺了羞辱的字，并把他的两个膝盖骨都残忍地剜了下来。这下，庞涓的心理才平衡了，一边喝着得胜的酒，一边狂笑：哈哈，你小子也有今天！

几千年前的事儿了，但似乎一点都不过时。庞涓这样的人，仿佛处处都有，时时存在——

你以一段风格独特的舞蹈登上了大舞台，是不是有人背地里说你和导演潜规则？

你拼尽全力拿下了地区销售冠军，是不是有人给公司领导打小报告说你那是用假账堆出来的？

你熬了无数个大夜破获了一起多年无果的大案，是不是没过几天局里就传出你跟女助理的暧昧加班才是真正看点？

……

我出第一本书的时候，有人一脸不屑地随手翻了翻。半天从嘴角里吐出一句话："你花了多少钱买的书号？"

还有一位,佯装出一副模样来:"太棒了,签名,签名!"

我用心写了留言,怕封面沾了墨迹,还使劲儿吹了气。

此人接过来,然后,扔进了废纸堆里。

然后,灰尘一天天落满了有我名字的封皮。

我知道,我做了他们没有做成的事。

古人有句话说得特别好:木秀于林,风必摧之。我妈打心底里深谙这个道理。她教书的时候获得过很多荣誉:先进个人、特级教师、优秀辅导员……随之而来的便是没完没了的是是非非。

有一次我记得特别清楚,全校只有她一个人夺得省级优秀教师称号,同时还有两千块钱奖金。在遥远的八十年代,这是一笔丰厚的酬劳,在外人眼中相当于伯特的那五十万。

你说那些"谢耳朵"们能开心吗?

我在她脸上看不到一丝欣喜,而是越来越厚重的担忧。甚至,很多个夜里都睡不踏实。

思来想去,她艰难地做出了决定:花掉那些理应属于她的钱,给全校每一位同志买了一副皮手套,并且亲自送到每张办公桌上。

其实老妈很傻,这次送温暖活动并不成功,对于有些人来说,手套捂住了他们的手,但依然没有捂住他们的嘴。所以,她总劝我,别写了,有那些时间多歇会儿,身体重要!

我当然也知道：堆出于岸，流必湍之。所以，接下来，我……还是写了。有些小说、随笔登了杂志，而且又陆续出了第二本、第三本书。

包括此时此刻，也还在写。甭管好坏，这是我的爱好，就像你热爱电影、热爱篮球、热爱抖音一样。

秘鲁作家略萨曾经说，因为不幸福，我才写作。从根本上说，写作是一种与不幸斗争的方式。

我挺幸福的，也不想和谁斗争。只是写着玩，活动活动大脑，以防老得太快，真不是我成心气你。如果你为此而夜不能寐，完全没必要，再折腾出七七八八的毛病来就不值得了。

我还记得在那集《大爆炸》的尾巴上，著名的霍金教授在视频通话里开导"谢耳朵"：不要把时间花在嫉妒上，对你的聪明才智是种浪费。

是啊，地球上最智慧的人都给你支招儿了，有生闷气的那些工夫，你也赶紧写吧，等你出书的时候，我肯定第一个给你鼓掌！

一张面巾纸都有人珍藏，
你还有什么理由抱怨？

曾经有位喜欢唱歌的无腿青年在舞台上说过一句话："别总在意鞋好不好看，你要知道这世界上有些人连脚都没有！"

这话深深震撼到我，坐在导播台上竟许久回不过神来。

他说这话的时候很轻松，但经历过的沉重只有自己知道。

相比之下，我们完全可以无视的拥有，是他遥不可及的财富。

同样，一张面巾纸，我们中有谁会在意呢？可是，在遥远的小山村，一个小姑娘，面对支教志愿者递过来的面巾纸，根本没舍得用，拿在鼻下闻了闻那陌生的香味，放到口袋里珍藏起来。

如果不是亲身经历，有谁会信呢？

这是原来供职于兄弟频道的主持人路一鸣讲述的故事。一脸严肃的汉子，竟数度泪目。

那是在一次支教的志愿者活动中，他来到西部的一所山区小学。说是小学，其实就是几间破平房，一名女老师，教二十几个不同年级的孩子。

像大多数的山村教师一样，她每天从最简单的一年级的课程讲起，依次给更高年级的同学们上课。不同的是，除了这些孩子，她还要照顾长期因病卧床的丈夫。因为腰伤，那个无法再去劳作支撑家庭的男人，成了她时时刻刻需要照顾的又一个大孩子。

山脚下的这几间简陋的平房，几乎是她全部生活的写照：轮流给孩子们上课、做所有人要吃的饭、照顾丈夫吃喝拉撒……她就像生产线上的一个不知疲倦的齿轮，周而复始，一刻不停。

那一次，志愿者们帮她联系了城里的大医院，筹集了治病的钱。除了陪丈夫看病，也顺便让她有机会走出大山，歇一歇。

路一鸣他们就替她来上课。一天下来，感受最深的就是忙乱，孩子们所有的事情你都得管。你得是语文老师，也得是数学老师；你得是体育老师，还得是食堂厨师。

孩子们感受最深的是路老师的菜炒得好吃，因为他舍得放油。平时女老师的油瓶子是需要按刻度精打细算的，这笔开销得从她每月仅有的几百块钱的工资里支付。

看着孩子们端着饭碗时那难得的笑脸，一鸣的心被扎得生疼。他恨不得立刻就从山外多扛几桶油回来。

对我们来说，一桶金龙鱼也就是去趟星巴克的钱。而对生活在山里的这个小群体来说，却是舌尖上的奢侈品。

一个小姑娘因为和同学拌嘴，哭了。一鸣赶忙放下手里的活计从灶台前跑来。看着女孩满脸的泪水，他从衣兜里掏出面巾纸给她，于是就发生了本文之前描述的情景。

一张纸巾，对于城里的孩子来说，完全可以视而不见，因为它太微不足道；而对山里的孩子来说，它却那么精致，那么好闻，那么柔软。她把它珍藏在口袋里，也许放学回家就可以和爸妈幸福地分享，就可以把它放到家里最重要的地方。

有些事情，你会怀疑它的真实性，但它的确是扎心的存在。

多年前，我还在新闻部门，一个同事在报道完全国山村教师表彰会后感慨良多。在金碧辉煌的大会堂，他们的眼睛都不够使；在集体宴会上，他们更是目瞪口呆。面对一大桌的菜，老师们许久没一个动手拿筷，而是充满敬畏感地端详，像是在观赏一道人间奇景。

其中有一位竟然流下眼泪："要是能把它们端给我那些孩子该多好啊！"

同事跟我说："和他们坐在一起，我都不敢抬头看他们！"

我们生活在同一个世界，但又像在完全不同的世界里。

再看看我们周围——

有人刷着iPhone11，但在抱怨没买HUAWEI P40；有人打飞的度假,但在抱怨没坐头等舱;有人吃单位免费盒餐,但在抱怨味道实在太差……

  如果有心,赶紧拥抱自己,知足;如果更有心,帮帮他们,同福!

"乱七八糟"的学问

一开始我也不知道"乱七八糟"还有那么多的讲究,随口一说的词,听起来没任何含金量,比不得那些意蕴深厚的四字成语。我身边的一位老同事,习惯说"乱八七糟",反正都那么个意思。

直到有一天,看了梁东和徐文兵讲解《黄帝内经》的书,才知道这么个看似大白话的词,其实太不简单!简直出乎意料。

梁东在早年间当主持人的时候我就喜欢听他说话,一脸真诚,不假。尤其是边说边摆弄一双小胖手,肉肉的,婴儿般,更让人觉得他不会说假话。而且,一定会保养。看他满脸冒着光,此人必定懂得怎么爱自己。

后来,他弃凤凰拾百度,特别跨界。但深患金钱癌的纯商业肌体,估计不适合小胖手生存,再后来,他去搞中医研究了。

嗯，一点不违和。

所以，他和知名中医专家徐文兵一起解读《黄帝内经》，我信；不但信，还极力推荐同事们看那几本厚书，也算是为推广传统文化做贡献了吧。

这"乱七八糟"就是书中提点我们一定要特别尊崇的生命规律：古人对人体变化的周期做了详尽的研究和总结，原来这女子是七年一个周期，而男子则是八年一个周期，谓之天时。

"女子七岁，肾气盛，齿更发长。二七而天癸至，任脉通。"就是说女孩儿十四岁的时候开始进入青春期了。

同理，男孩子则按八年这把尺子成长，到十六岁的时候才开始走向成熟，小胡子慢慢爬出上唇。

如果你明白了这个道理，按照自己的生长周期饮食起居，那么就能健康硬朗；如果你不遵循这个规律，十一二岁就开始看爱情动作片，乱了心神也乱了固有的方寸，那么身体肯定会受到责罚，疾病不招自来。

这就是古人最忌讳的"乱七八糟"了：乱了规律，则身子骨一定会变糟。

是不是很长学问？是不是有点醍醐灌顶的意思？

我们大多数人，包括我，其实一点都没领受到古人的智慧。八岁、十六岁、二十四岁……就像一个个凸起的竹节一样，标注了男性生命的刻度，提醒我们在这个阶段该做什么不该做什么。而我们却浑然不知。

《黄帝内经》这样描述男人：三八肾气平均，筋骨劲强；四八筋骨隆盛，肌肉满壮。这说明在二十四到三十二岁之间，是一个男人最黄金的时期。

这八年，事业上该有所长进，而生活上也是要孩子的最佳时期。

反观我身边的年轻人：先别说事业上努不努力，单说生活上，女朋友可以月月换，但一提起结婚生子，仿佛那是下个世纪的事。

某小伙儿，女朋友宛若精巧版章子怡，又善良又温婉，待他也是一百个真心。可他就是不想结婚生子，恋爱长跑好几年了，仍然磨磨蹭蹭到不了终点。

"精巧章"一提婚事，他总有借口等着："没房子怎么结？"

等老人把房子腾出一处来，他又说得好好装修一下；

等房子焕然一新他又说电器得更新换代；

等所有的装备都置办完，他又说得换辆车，以后全家出行必须敞敞亮亮的……于是，俩人攒钱凑一块儿，买车！

这一来二往，两三年就过去了。

等七座车也开上了，小姐姐问他，什么时候领证啊？他眨了眨眼，说："我让大师算过了，今年和我这个属相相克，不宜结婚！"当然了，下一年肯定是和她的属相相克，也不能成婚，妥妥的又缓两年。

周围好几个人都苦口婆心地劝他。

可他一脸无辜地说:"我怕!"

这有什么可怕的呢?

"没什么,反正就是怕结婚,怕生孩子。"

那这辈子不打算给小姐姐一个交代了?

"也不是。肯定得结,肯定得生。"

那什么时候呢?

"不知道。"

眼看着小姐姐已经过了二十一到二十八这个黄金段,他也快过了坐标轴上第三节到第四节的强壮点,人生大事还遥遥无期。

没读过《黄帝内经》精髓的时候我还真不知道该怎么有效地规劝他,这回,我给他讲讲这个"乱七八糟",看他还有什么招。难不成真要等到"五八肾气衰,发堕齿槁"之时吗?那会儿再张罗着要孩子,估计得吃一箩筐西洋参了!

把最美好的时间，
放在让自己快乐的人和事上

看过一个实验，印象深刻。

一名哲学教授在课堂上对学生们说："尽管相对于大自然而言我们人类很渺小，但我们仍拥有完成任何事情的能力。当然，前提是我们要聪明地利用自己的时间。"

于是，便有了这样一个有趣的实验：

他拿出一个广口塑料瓶，首先用一些高尔夫球把它填满。

球与球之间有很多空隙，他又往里加了一堆小石头。

他问："现在瓶子满了吗？"

学生们肯定地回答："YES！"

他微笑着摇摇头，在看似不可能的情况下，又往里加了许多沙子。

看来这是一个胃口很大的瓶子！它盛满了结结实实的球、石头和沙子。

教授再次问："你确定它满了吗？"

学生们再次肯定地回答:"超满啦!"

在大家诧异的目光里,他掏出一瓶啤酒,慢慢地倒入瓶中。原来,在看似紧实的状态下,依然有空间。

这个满头银发、帅帅的教授大叔到底瓶子里卖的是什么药呢?

他说:"这个满满当当的瓶子就代表着我们的人生。"

高尔夫球代表这一生中最重要的事:家人、朋友、健康,甚至是热情;而小石头是那些次重要的事:车子、房子、工作;至于那些沙子,则代表千千万万微不足道的小事,比如谁说了你的坏话、谁多看了你一眼、谁把你的长发盘起却没给你做嫁衣……

假如,面对空瓶子,你先把沙子放满,那么高尔夫球和石头是断然没戏了,再怎么努力都放不进去。人生,其实也是如此——如果你把时间都用在了那些七七八八的琐事上,那么你就不会留意到身边真正重要的人和事。

实验的结论是:我们应该把最美好的时间,放在让自己快乐的人和事上。什么领导又给自己穿小鞋了、这个月的业绩没隔壁老王的好了、地铁上老公多看了对面妹妹一眼是不是不爱自己了……通通见鬼去吧!

有位同学还没彻底想明白:"说了半天,那瓶啤酒代表着什么?"

大叔耸了耸肩——
人生再忙,还是要抽空喝一杯啦!
帅翻了。

[二]

白驹若飞般的变奏曲·小世界

天鹅并不知道
自己有那么好听的
名字

其实有时
它和远房亲戚鸭子
一样笨拙

但这并不妨碍
一个上了舞台
一个上了餐桌

突然发现，
2000 年已经是 20 年前了！

时间过得飞快，你还来不及和它打招呼，它便一扭脸成为记忆。

告别一字头时的喧闹，仿佛还是昨天的事，但一晃已经20年。

20年前，我刚刚而立，从新闻转岗综艺，一切都是新鲜的。那时单位门口为新千年诞生了一座新建筑，名叫中华世纪坛。原来是一个熙熙攘攘的公交总站，瞬间就有了随日出日落而转动的磅礴指针，直指苍穹。中午时分正正刺向不远处中空格局的西客站，坊间传说是风水学之必然。管它呢，重要的是在这里有盛大的跨年直播。

依稀记得，那一晚，我怀着无比崇敬无比激动的心情在办公室看着电视。心里想的是，什么时候我才能导演规模这么庞大的晚会？会有那一天吗？耳边回荡的是，窗外各种车辆驶过长安街的轰鸣，以及屏幕里锣鼓喧天的喜悦声。那种叠加，只属于那一刻。

20年前，周涛在舞台的C位站着，日月当空。也因为灿烂的笑容而俘获成麻袋装的观众来信。那年月，每一封都是手写的，带着全国各地的温度。

那时最值得骄傲的事就是，我写的稿子，是周涛说出来的。就像现在团队里的年轻人，会把片尾字幕有自己的那一行截屏一样。

所以，有时为一段串联，能推敲到半夜三更。

那时还没热搜，如果有，估计她会霸屏。最最意外但又好像情理之中的是，20年后，周涛因为《声临其境》上了热搜，话题是"周涛的气质"。看来，20年间的审美，没什么太大变化。

不知新一季《声临其境》的收视成绩如何，有一点可以肯定，在观众构成当中，中老年的比重应该会加大一些。因为这个群体是周涛的铁粉。

20年前，倪萍和赵忠祥要在春晚谢幕了。导演组为他们专门创作了小品，我来拍摄。在梅地亚茶室里，他们一遍遍试着戏，眼角里有泪花飞舞。经常被诟病"煽情"的倪萍，曾自嘲眼睛有毛病，爱"迎风流泪"。那一天，她没有煽动谁，屋里也没有风，但面对告别舞台的情节，她还是在不动声色中落泪了，滚烫滚烫的。

那一年的春晚，章子怡从天而降，且歌且舞。人们聚焦的是那青春无敌的芳华。

那一年的春晚,最亮眼的还有董洁。这位默默无闻的舞蹈演员,排练时一直当主唱替身,兢兢业业完全入戏。直到主角来了之后大家都觉得还没有小姑娘出彩。于是,她顺理成章地正式登场,完成了命运导演的一场大戏。春晚的大特写,被张艺谋导演瞧见了,于是,她又顺理成章地成了谋女郎。

那一年的春晚,当然,还有我。一个朝气蓬勃的小伙子,在观众席上热烈鼓掌,有小品时还开怀大笑。

20年前,还有很多开心的事。

组里有位小伙儿,过人行道进大门时,被一辆出租车压了脚面。极其小概率的事件就在大马路上发生了,司机惊慌失措地赔礼道歉。小伙儿在我们的搀扶下异常淡定,一边捧着脱掉的鞋,一边神色坚毅地命令我们:都别动!保护现场!!

于是,那一刻的街景有点复杂:路中间是金鸡独立手拿臭鞋的当事人,我们扮演应援者,旁边是一脸狐疑的出租车司机,远处是接到报警后飞奔而来的警察叔叔……

有人忍不住问:为什么要原地不动啊?

小伙儿激动地说:走了就破坏事故现场了,警察不就白来了?

哦,是这样。

听着有道理。所以,我们昂首挺胸伫立在路中间,接受着各类目光的洗礼，耳边是带着纷杂情绪的各种车辆的鸣笛声。

那会儿没有智能手机，不能随手拍下这个画面。如果有，估计也上热搜了。

……

就这样，20 年前，看到的都是笑脸，听到的都是笑声。

而 20 年后，赵忠祥老师突然离去了，带给我们时间的真实和情感上的不舍。那个被倪萍经常爆料抠门儿的人，那个能把动物的冰冷世界暖成一片春天的人，那个眼袋的面积比眼睛还大，但你仍然觉得可亲的人，再也无法回到我们的生活了，无论它继续平淡还是精彩。

我在出版个人音乐作品集的时候，封面的题字就是赵老师写的："心微动，情已远"。这六个字一直在我家书架的上方悬挂着，现在看来，墨色依然浓重。

你大姐还是你大姐，
不服不行

在舞台上排练的时候，她一张口，就撂倒了一干人马。还没等她讲完，眼泪就不听话地流出来。

真正录制的时候，一共六段讲述，每一段都把专业的和非专业的、局内的和局外的，统统拉进规定情境中。她像一个巨大的情感黑洞，无论谁都会瞬间被吸附进去。

最后一段的最后一句，"小山子、林生，我们一家三口永远在一起"——简单得不能再简单，平淡得不能再平淡。但，谁都没有想到，她用颤抖的双手握着剧中的道具，用近乎洪荒之力发出了振聋发聩的呐喊！那一刻，每个人的内心都被击中了，我在导播台上，汗毛倒立，脑海中不由得加了混响，一波一波的声浪催得泪水奔涌不止……

同事把递来的纸巾，索性换成了盒装抽纸。

那个时候，我心底默默出现的就是这句话：你大姐还是你大姐，不服不行！

她就是倪萍。

《大幕开启》的开篇之作是记录民族歌剧《沂蒙山》的百场演出。在节目形态上,我们设计了讲述人这个角色,为电视端的观众阐释剧情。

《沂蒙山》讲的是山东的故事,所以我第一个想到的就是她。电话打过去,倪姐说:"你找我找对了!我们山东人,对沂蒙精神有感情,而且我原来做过有关红嫂的节目,对她们特别了解!"

听她这么说,我踏实了。更让我踏实的是,走上舞台排练,她手里什么都没有。"你那稿子我都放在心里了!"她笑着解答了我的疑惑。接着,她娓娓道来,用她自己的话把那一行行电脑打出来的字,加了温度,加了色彩,加了你意想不到的光亮。

这是她独特的本事。

她是最会讲故事的人。曾经我做《综艺大观》的一期回顾片,在磁带库里找到第一百期《综艺大观》的带子。推进带仓,有一段节目让我来来回回转动旋转轮。那是她在讲和一位小观众的故事——

北京有位身患绝症的小姑娘,特别喜欢倪萍,她最大的愿望就是在离开这个世界前亲眼看一看倪萍阿姨。倪萍得知这个情况后捧着鲜花辗转找到家里看望她,满足了小姑娘幼小心灵天大的梦想。一个多月后,小姑娘没有遗憾地走了,临终前嘱咐妈妈一定要给倪萍阿姨买一件黄毛衣,因为她第一次主持春晚穿的就是黄色的衣服,特别好看。

在直播现场,她捧着那件黄毛衣几度哽咽,动情中却不失分寸地把节目与观众之间的感情表达得淋漓尽致。一如在《大幕开启》,捧着那双染着鲜血的布鞋,倾诉沂蒙儿女对八路军的深情厚谊。

负责后期制作的技术员给我发微信:我太难了!一边抽泣一边还要干活!

她独特的本事还有呢。

那是在直播庆祝"中华人民共和国成立50周年"焰火晚会的时候,当时我负责联络主持人。还有一刻钟就要进片头了,可是在导控台前说开场白的倪萍却消失了!总导演"各部门准备"的呐喊已在耳边,姐姐却神奇般地不见了。我脑袋里嗡的一声,头皮发麻。这要是开了天窗,那就是天大的事啊!

正在我疯了一样在人群中穿梭寻觅时,倪姐喘着粗气跑来了。看我要急出眼泪,她笑着说:"没事的弟弟,我去跑楼道了!"

啊?这都什么时候了,还有闲心跑步?

看我特别不解的样子,她告诉我,在楼梯间上上下下地跑几个来回，气息一下子就贯通了，情绪也高涨了，整个人迅速进入了直播状态！

原来这也是姐姐的秘籍。

就在我还恍惚间细品其中之味的时候，"中央电视台，中央电视台！……"她铿锵有力充满热情的呼号已经跑进我的耳朵，跑进亿万观众的家里。

这次再见面，感觉倪姐瘦了很多，而且腰疼的老毛病也好了不少，以前看《等着我》，节目中的她都站不起来了。我问她秘籍到底是什么？

她说，特别神奇，有人告诉她是因为太胖了，所以腰受不了。她将信将疑地减肥，将信将疑地护腰。随着体重的下降，腰疼竟然奇迹般地好转了，这让她有信心一直坚持下来。你看，那么多名医都没治好，自己咬牙节食，齐活啦！

这也算是她独特的本事吧！所以，你大姐还是你大姐吧？不服不行啊！

一手握一个最爱，
这才是女神的样子

在浩瀚的宇宙中，地球微不足道，人更是轻如尘埃。如果地球的年龄被浓缩成一年，那我们每个人的寿命则不足一秒。

前头说了，我们应该把最美好的时间，放在让自己快乐的人和事上。在我认识的人当中，能把这句话诠释得最准确、最生动的，是娄乃鸣导演。让她快乐的人，是形影不离的丈夫；让她快乐的事，是日思夜想的舞台。

她的丈夫是款很抢手的大叔，如果不死死按住，不知道有多少大叔控的姑娘要扑将上来。你想，年轻的时候是芭蕾舞演员，那种身材比例，那堂堂相貌，走起路来都是自带光晕的。

不过，那光再亮，也比不过太阳。娄导就是太阳，她有着强大的吸附能力和照耀能力。她不用按，他丢不了。

娄导的一部分光耀是性格。她开朗、敞亮，走到哪哪就乐呵，不知道从何而来的包袱，一抖就响，让你毫不拘束地和她开怀大笑,哪怕是初次见面的生人,也会自然而然地被拉进热浪里来,瞬间就把生分融化掉了。在她这个星系,永远不寂寞。

我猜想,那位优雅的跳着芭蕾的小行星,当年就是这样被吸引到她的轨道上来的。娄导告诉我,他们第一次看电影的时候,他握着她的大手,没完没了地听她讲,没完没了地和她聊。至于那个倒霉的电影,基本没看,故事再精彩也没身边的这个人精彩。

他被牢牢地吸附住了。

直到现在,他仍然不离左右。他可以是司机,可以是保姆,可以是她读本子的第一个听众,可以是她的戏演完后第一个鼓掌的人。

娄导不会开车,因为他会,不用学。走到哪里他都是那个一手拿车钥匙,一手拎包的人。包里是茶叶和一个大杯子,永远热气腾腾,还有各种小姑娘爱吃的零食。基本上跟大家伙儿说一会儿话,娄导就会把头埋进大包里,手像淘宝一样,在里面刨各种花花绿绿的小包装,然后撒在桌子上一起吃。

他好像永远在倒水,时刻盯着那个大杯子里的刻度。无论进到哪个环境,饮水机都是他首先要侦查到的武器。然后看着娄导大口大口喝,大声大声聊。奇怪,她也不去厕所。

他也跟着笑,偶尔趁大家都不注意的时候,溜到角落里打个盹儿,古人叫假寐。没错,他真没睡着,因为一旦从眯着的眼缝里发现水已经在安全刻度以下，便一个大跳直奔杯子而来，不愧是学舞蹈的人。

他叫孙文举，但娄导爱叫他孙文，干脆利落，有时还直呼其"大总统"。他也不表现出很惊讶的样子，依旧是一副小可爱的神情。尤其是在被娄导拉来演小品的时候，乖乖地听她说戏，乖乖地按她的要求走调度，没有辩解没有怨言更没有反抗。芭蕾舞演员的骄傲，已经偷偷扔在了后台。在娄导夸他某个地方的语言节奏好时，他竟然会小脸通红。

不是装的，他真服她。这是娄导的另一部分光耀，才华能横着溢出来。

当年，她执导并和范伟、黄宏一起表演的小品《杨白劳与黄世仁》，成为经典作品，现在看都让人赞不绝口。这是普通大众一提都知道的。更多的，是大家不知道的，数量吓人的喜剧小品、话剧、音乐剧……

她说她从小就爱舞台，见着就走不动道，近乎痴迷的状态。而且这一爱，就是一辈子。无论导戏还是演戏，只要有戏就行、就高兴。

我臭不要脸地抓住了她的这个弱点，一有那种没什么劳务又费时费力的事，就给她打电话："美女导演，来演吧！顺便把这块活儿给收拾收拾。"

十有八九，跟她小本儿上早就记好的事情冲突。也是，这么有能耐的人，谁天天闲着好端端地等着你呢？连大医生都走穴呢。可十有八九,她扭脸就把电话打回来:"知道你们那没钱,盒饭还能管吧?"听到我得意地笑,她又一针见血:"你坏透了,知道我好这个,拿它来勾我!"

甭管说什么,反正她来了。跟戏发生了关系,她就兴奋,中气就十足,笑声就爽朗。

很有一些演员,把她当成出场的必要条件:演可以,但得是娄导的作品。尤其是春晚,不过娄导的手,他们不踏实。

她呢?直到现在,还是当年初出茅庐的样子,一进组就好几个月,热情万丈的状态。

谁也拦不住,因为她太爱。

有了"大总统",有了舞台,她没时间在意吃什么穿什么那些个琐碎。一手握一个最爱,足矣。这才是稳稳的幸福。

后来的刘若英

刘若英特别聪明,她很高级地消费了自己的超级ID《后来》,给导演处女作染上了浓浓的"奶茶"色。

而且还贡献了金句:后来的我们什么都有了,却没有了我们。

当年我在做《欢乐中国行》这个节目的时候正值奶茶歌唱事业的顶峰,很多地方都希望邀请到她,而且每场必唱《后来》。

她的语言能力极强,在舞台上喜欢学不同地方的方言,甭管是哪儿的话,说起来都有模有样。当然了,说各色版本的"后来"是拿手好戏,有和普通话接近的,更有听起来毫不相干、大相径庭的。家乡话让台下的观众听着熨帖,也瞬间拉近了彼此间的距离。

她懂得如何跟观众相处。

每次她"一、二、三"一喊,观众就开始万人大合唱:

"后来,我总算学会了如何去爱……",正要起范儿的时候,往往都被她叫停了:"我听说今晚这里有三十万观众,怎么声音这么小啊?"

无论现场是三万还是五万,她都一律说三十万。这夸张的说法会引来一片笑声。接着,大家自然凝神聚力,直奔三十万的效果而去:"后来,终于在眼泪中明白,有些人一旦错过就不在……"

那阵势真吓人,就算你不认识刘若英,不会唱《后来》,你也会被那撩人的声浪震倒。

在这般山呼海啸之后,她才轻启朱唇:"栀子花,白花瓣……"在众人的铺垫下,她的声音越发显得纯净,让人觉得此时的奶茶就是一束清香的花朵,伸展腰肢,随风摇曳。

那风是几万把荧光棒在左右摆动。

多年没有合作,年近半百的她竟忽然转变了身姿,以电影导演的形象示人,不禁让人感慨:这就是奶茶人生下半场的精彩吧!

从台前走到幕后,不仅仅是放低身段那么简单,那是两个完全不同的战场。有太多失败的先例摆在那里:是个人就毫不自知地去当电影导演,结果生产出的,自然是一堆垃圾。

《后来的我们》相比之下是值得一看的作品,节节攀高的票房就是佐证。

首先,奶茶用对了人。井柏然和周冬雨干净清爽,没那么多的刻意，没偶像包袱，他们的调皮、任性，甚至吵闹，都让人觉得真实，在这个片子里他们展现了最好的自己。但凡换两个稍显油腻的人来演，都会弄脏银幕的。

田壮壮也是一个惊喜。全篇没有大起大落，在克制的状态下甚至连语速都一直没变。但你在他平静如水的表情下却感受到了这位老爸内心的波澜起伏。他不动声色，而你却思绪万千，这就是好演员。在看他表演的时候我有那么一刻跳脱，觉得《深夜食堂》的男主可能田壮壮更合适。

选人是最见导演功力的，井周田三人让奶茶成功了一半。

其次，故事的北漂标签也戳中了很多人的痛点。他们在群租房、地下室苟且的样子让正在漂和已然漂过的人，心有戚戚焉。当年的我也是拉着一只箱子只身来到北京，眼看身上带的钱马上就要花完，第二天行将露宿街头了，无奈中才鼓足勇气张开嘴跟制片人申请，住到了办公室的行军床上。

共鸣，产生于共同的经历中。

当然，整部戏远未抵达完美无缺的境界。叙事结构我就不大喜欢，现实与回忆的不断交错，让故事讲得凌乱，井柏然和周冬雨都是娃娃脸，再怎么化妆都看不出十年的岁月变化。所以，观赏时不断出戏，哪个是过去哪个是现在，让人傻傻分不清。

另外，人物的走向也是大家最不能理解的：男主和女主自打火车上偶遇不知为什么就开始相爱了，你可以说爱情没有理由，好吧，可以混过去；可是二人度过那么多艰难时刻，男主终于有房有车了，女主却一百八十度大转弯：你知道我要什么吗？你知道自己到底要什么吗？于是，分手了。

　　好奇怪啊！一般的情商，还真不能理解这么深奥的爱情哲学。

　　好在，这并不致命。比那些长达一百分钟色彩艳丽的MV强多了！

当得了影星也当得起学霸，
她可不跟你玩假的！

从图书馆借了关晓彤写的书《不知愁滋味》，同事说，你也不嫌幼稚？

其实一开始我也觉得简单，一个小姑娘的作品，能有多少营养和深度？只是之前跟她合作过，有点好奇而已。

可是翻开粉嫩的书皮，一页页读下来，才发现这个精灵乖巧的北京小妞儿绝对不像我们想的那样简单。

一般来说，在影视剧里演了那么多的角色，天天泡剧组的孩子，学习成绩能好到哪去？

关晓彤给出的答案是：高考成绩超过艺术类文科录取分数线两百多分，是北京电影学院专业课和文化课的双料冠军！一个响当当的艺考生学霸。

这真的难以想象。

四岁开始拍戏，五岁就出演了那部多次获奖的电影《暖》，之后还参演了《无极》《大丈夫》《一仆二主》《好先生》

等等我们看过、没看过的影视剧。扮演的角色上百个!

哪儿还有时间学习?哪儿还有心思学习?

很佩服晓彤的爸爸妈妈,他们始终认为,学习比拍戏重要,因为有知识才有修养,有修养才能更好地塑造角色。

平时因为工作的关系,我也见过一些很小就走上艺术道路的孩子,他们大多都很浮躁,觉得能登上舞台让更多人认识,达到了成名的目的,学功课自然就不那么重要了。

晓彤的书里有很大篇幅是记录怎样学习的。

妈妈接戏一般会提一个最主要的条件:如果是在北京,那就是尽量下午和晚上拍,因为上午是主课,一定要在学校里听完才踏实。

进到片场后,只要没有自己的戏,那就打开书本,潜心写作业。她赞叹妈妈,经过多年的历练,总能在嘈杂纷乱的现场找到僻静的一小块地儿。跟剧组借来小桌子、台灯,瞬间她便转换了身份,一头扎入语数英世界了。

有空闲的时候,母女俩还飞奔到书店,兵分两路,一个找复习资料,一个找题海卷子。回到片场或宾馆,继续刷题。

如果碰上只能睡两小时觉,之后连续拍二十四小时的状况,那就只能另找机会加倍补回来了。

有晓彤在的片场,总有这样一道风景:一张桌子,一束微光,一个埋头苦读、身着戏装的小姑娘……

你只看到了她在屏幕上的光鲜亮丽,而不知道为了拍戏、学习两不误,她付出了多少努力!

学校里的考试,晓彤经常拿全年级第一。这让有些同学不服气:总是在缺课的她究竟掌握了什么样的通关秘籍?

其实,秘籍就是认真和坚持。

晓彤的爷爷是著名的北京琴书演员,从小爷爷就教导她,做什么都要有执着劲儿,凡事都要干到极致。

张艺谋的《有话好好说》里有一段很出彩的北京琴书,那是他慕名而来专门找关老爷子创作并演唱的。当时关老看了很多遍样片,整整一个礼拜都在打磨词句。有时半夜来灵感,立刻起身写下来。你要是问,这么大岁数了干吗还这么拼?老爷子说,接了人家的活就得认真干!

录音的时候,老人家一气呵成,气韵贯通。连张艺谋都不禁赞叹:没想到北京还有这样好的东西!

那段北京琴书,成了那部电影一个闪光的记忆点。

在爷爷的言传身教下,晓彤无论对拍戏还是学习,都有一股子执着和认真劲儿。这才是受益终身的财富。

那年春晚,我导桂林分会场,邀请她参加。那是一首老歌,老到只有我这个年龄段的人才会唱。由于确定演员和曲目的时间都比较紧,所以出完音乐小样没几天就录音了。

那天,晓彤和妈妈早早来到录音棚,没费多大劲就录完了。我惊诧于她对那首老歌的熟悉度。

我问她:"之前听过?"

她摇摇头:"完全不知道。"

那怎么唱得这么熟练?

她妈说:"这两天晓彤跟着了魔似的,走到哪耳机里听的都是这首歌,一有空嘴里就哼哼,连我都跟着会背词了!"

你看,她总是有股子钻劲儿。所以,干什么都能成。既当得了明星,也当得了学霸。

这怎么看起来像篇表扬稿?没办法,我对用功、勤奋的孩子没抵抗力,必须毫不吝啬地赞扬!

妈妈一句玩笑话，竟然让女儿成了作家

看了蒋方舟的《东京一年》才知道，她竟然是因为爸妈吓唬她的话才成了知名的少年作家。

那是一个夏日的晚上，妈妈突然跟她说，你知道吗？中国的法律规定，每个学生在小学毕业前，必须出版一本自己写的书，要不然就会被警察抓走！

这是什么鬼法律？警察能不能不欺负小孩子？

正巧，当警察的爸爸也一本正经地说，没错！就是这样的，哪个没出版就抓哪个进监狱！

正在她将信将疑的时候，爸爸竟然拿出随身携带的手铐，假装要扣在她手上。把小姑娘吓得魂飞魄散，号啕大哭起来。

看着两个大人铐你没商量的那个样子，六岁半的蒋方舟，在泪水中开始写下自己的第一篇文章，从此走上了写作道路。

直至成为一名专业作家。

哎呀，好传奇呀！

如果不是从她本人的书里读到这段经历，打死都不会相信，成功的药引子竟然是谎言加手铐！还好，在"白色恐怖"之下，这个学龄前的女娃娃还能在泪影婆娑中写作文。换了胆小的孩子，估计早就口吐白沫三天三夜不省人事了。

不知道她爸妈打哪儿来的灵感，编了那么一条神奇的法律。

小时候我爸妈怎么没想出这么个招儿来呢？吓唬吓唬我，没准儿我也成了一名大作家。

不过，我确实想多了。

小时候听到父母吓唬我的最多的话是：耳屎可不能吃啊，吃了会变成聋子！我有那么馋吗？吃点什么不好。

还有这样的：温度计里的水银可不能吃啊，吃了会死人的！

话说这一天，我感冒发烧一个人在家躺着。下床去撒尿的时候不小心把体温计碰到地上，摔碎了。

那根细细的玻璃棒断成了两截。正当我望着它残破的身体发呆的时候，突然发现，原来在里面柱状存在的水银，已经流出来变成了一颗颗亮晶晶的小银珠。

难道这就是传说中威力无比的水银大帝？

不知道是烧糊涂了还是要故意试试胆量，反正我盯了它们一会儿后，竟然趴在地上伸出舌头舔了一下！

那一刻，舌尖传来的感觉，那叫一个苦！比我曾经吃过的任何东西都苦！吓得我舀了一瓢凉水不停地疯狂漱口，躺床上设想了很多种壮烈牺牲的情景。

　　你看看，被大人吓唬的内容不一样，同样是六岁半的年龄，蒋方舟迈出了当作家的第一步，而我，却差点变成倒下的战士……

一场暴雨，
也许是人生最好的一首转场诗

对于我们平凡的大多数来说，那种突如其来的大暴雨绝对是一种灾难，而且心理上的恐惧往往更大于身体感受。但是，对于极少数人来说，它或许可以成为意想不到的契机，在电闪雷鸣之后为人生开启一道充满光亮的大门。

不信吧？

一场张牙舞爪的大雨，能让你高声唱起《好运来》？不可能，比如我。

记忆中有那么一次是我不能忘的。

某个周末，还没上学的我跟着妈妈去看露天电影，那是整天在干革命的人们最珍贵的放松时间。

白色的幕布被一个红砖小房子里射出的一束光，映照出万千影像，吸引了正反两面仰着脖子各年龄层的人们。尽管对那上面的场景、人物、故事都熟得像邻居，但一点也不妨碍大家搬着自家的小板凳，从四面八方的小平房里汇聚到那片并不平整的泥土地。

《平原游击队》的李向阳,挥舞手里的盒子枪,炯炯有神的目光简直帅到没朋友。织着毛线活儿的小姐姐们迷得竹针扎了手指头都不觉得疼,就像现在的小妹妹们看《麻雀》里的李易峰。

就在她们小声跟着接台词的时候,五分钱一般大的雨点子丝毫没有预告地从天上砸下来。

一开始,耳朵里还能听见李向阳的呐喊,没过半分钟,就被人们慌乱的叫声淹没了。小时候你玩过在蚂蚁洞边浇水的游戏吗?我感觉那一刻,我们就是那些聚集在洞周围的蚂蚁,在毫不知情的状况下,被劈头盖脸浇了水,然后四散而逃。

其间,还有哭爹喊娘的,我就是其中之一。

慌乱和恐惧是会传染的,尤其是一众人马传递给你的那种无助。在叠加起来的压迫感下,我简直被吓坏了,仿佛天上下的不是雨,而是致命的刀子。

我攥紧妈妈的手,和她一起往家跑。妈妈让我把小板凳翻过来举在头顶,遮挡一下凌厉的雨线。但只能让屁股坐稳的那点面积的木凳,在瓢泼大雨之中根本无济于事,衣服瞬间就湿透了。

也许是第一次经历这样的意外,还是学龄前儿童的我,彻底被打蒙了,竟然哇的一声哭了起来。

妈妈一边护着我跑,一边安慰我:这有什么可怕的?就是下点雨!

就是这点雨,等跑到家的时候,我里里外外都湿透了。那会儿家里还没有淋浴间,妈妈只能用热毛巾帮我擦干身子。过程中,"我上上下下抖得像筛糠,牙齿无法克制地不停在打架"。多年以后在很多文学作品中都看到过形容寒冷的这两句话,我不无骄傲地想,可能我最能理解那种状态,因为自己曾现场直播过。

跟暴风雨连接起来的记忆大多都是冷色调的,不过,有的人除外。

比如,陆树铭。

提起这三个字,你可能不大熟,但提起关羽关云长,便众人皆知了。让这位陆姓男子和关公产生关联的,恰恰是一场大雨。

当年央视94版《三国演义》筹拍,正在全国范围内找演员。那时的陆树铭还是个名不见经传的小演员,在话剧团里跑跑龙套。这一天,他在西安的一个剧组里拍戏,用他的话说是小戏,能挣三百块钱。

下午,忽然乌云密布,暴雨将至。

大陆莫名其妙地坐立不安。他跟制片主任要了辆车,火急火燎地要赶回四十公里外的家。问他原因,他说恍惚记得几天前出门没关窗户。这要是下起暴雨,家里还不得遭殃?戏还在拍着呢,可众人劝说无果。由他去吧,反正戏份也不多。

风风火火赶到家,才证明他记错了,几扇窗都关得严严实实的,虚惊一场。正在哭笑不得的时候,他发现家门上有个小纸条:我们是电视剧《三国演义》剧组的,来西安找你试镜,扮演关公这个角色。见此条后到胜利饭店202房间。

再仔细一看落款,时间是三天前!

我的天呐!这可是天大的好事。

但三天后,人家还在吗?

送他回家的吉普车已经返程了,大陆二话没说,抬腿蹬起自己的二八凤凰自行车就走。雨也顾不上遮了,冲吧!

赶到指定饭店敲开门的时候,只见屋里两个人正蹲在地上收拾行李准备出发,再晚来一会儿,他也许跟《三国演义》再也无缘了!

谢天谢地!

赶上初次面试的末班车,大陆来到北京,带妆试镜,进行最后的角逐。

一进化妆间就有人跟他说,别紧张啊!慢慢来。刚才有位中戏的老师,面对导演竟然一首古诗只朗诵了两句就卡壳了,后两句忘了!

这还是戏剧学院带学生的呐!

大陆尽管也有点紧张,毕竟全国各地挑来的没哪个是面瓜,但他心里有股子说不出的坚定,总觉得这事儿是老天定的,非他莫属。

你想，明明大好的天气突然来场暴雨；明明窗户是关好的莫名其妙以为是敞开的；明明三天前留的纸条，可那两位老师偏偏买了他出现那天晚上的火车票……

只能是老天这么设计好的。

等他化好妆，穿戴完关公的行头，往镜子前一站，他把自己都吓了一跳！

镜中人分明就是他小时候经常看的小人书上的那位关老爷：丹凤眼，卧蚕眉，髯长二尺，面如重枣，相貌堂堂，威风凛凛……

内心的定力更足了，胜券已然在握。

来到试镜现场，他冲评审团双手抱拳："关某姗姗来迟！"

王扶林导演带头鼓掌，这不就是大家日思夜想的关公形象吗？！

就这样，一个深入人心的艺术形象走进了千家万户；一场大雨，改变了陆树铭的人生轨迹。

话说这雨，敢情也是挑人来下的！

佛系成功法：
低头修炼，抬头夺冠

在所有的成功法则中，我觉得佛系成功法最隐忍，最低调。它让修炼的人先把目标远远地抛在意识之外，专注于自身本领的培养和学识的加强。在无欲无求、云淡风轻的状态下强健自己，一步一阶地攀登。等你付出的足够多时，曾经的巅峰自然会到你的脚下。

但现实情况是，在成功面前，大多数人都很急。

刚写一篇小文，就盼着"10万+"，幻想着自己的名字被各种大拇指戳到疼；刚唱了首歌，就等着上热搜，脑子里全是演出商过来疯狂砸单的景象；刚进运动队，就想着捧杯，梦里的大片都是自己身披国旗绕场招手好几周，一点都不累，最后能笑醒。

……

急，可以。但成功最看本事。你有洒脱的文笔、奇妙的角度和独特的思想吗？没有，你笔下的东西就不可能突然

"10万+"；你有高强的辨识度、势不可挡的穿透力和直抵人心的感染力吗？没有，你的歌就别指望上热搜；你有高人一等的爆发力、水滴石穿的忍耐力和炉火纯青的技巧吗？没有，你就没办法赛场折桂继而拿下品牌代言。

这些千奇百怪的形容词，需要漫长的付出才能变成你的定语，加持你的未来。

所以，有定力的人都不急，低下头来默默修炼自己，扎扎实实长各种真本事。至于成功，只需慢慢等。总有一天，它会钟情于你，把散发着馨香的桂冠闪送过来。

那个时候，你只需抬头就可以了。

举个例子。

从二十世纪八十年代末到九十年代初，流行歌曲风头正劲。唱美声的杨洪基默默无闻，尽管也拿了一些奖项，但仿佛距离成为歌唱家还很遥远，离家喻户晓更是遥不可及。

有人劝他，改路子吧，你看人家唱通俗的，一上场就有人叫好。唱美声，没人搭理。

他没听，而是潜心琢磨怎么把男中音修炼到极致。

一个好的男中音是非常难得的。它要求兼具男高音和男低音的音质，做到既亮堂柔润，又庄重沉着。这需要坚持不懈地进行气息、共鸣的训练。

很长一段时间，刻苦而科学地训练成为杨洪基的日常。除此之外，他还一直下部队、演歌剧，过着平凡的日子。

直到有一天,他接到谷建芬老师的电话,让他去录电视剧《三国演义》的主题曲。

那部剧未播先热,各种报纸早就开始大张旗鼓地宣传。能唱这样一部大戏的主题曲,其意义等同于上了一次春晚。

赶到录音棚从谷老师手中拿到谱子的杨洪基,仍然激动不已。但没过多久,他火热的心凉了一大半:无意中他发现,在歌谱的背后谷老师写了二十多个歌手的名字,而且都是当时最红的腕儿,个个都比他有名。

他偷偷问旁边的人:"这些人都来录过这首歌了?"

"是的,最后看谁的版本最合适。"

他顿时心灰意冷了,原来自己充其量也就是个炮灰。有那么多的大牌来竞争,谁会选择一个知名度最小的呢?

于是,他的这次录音纯粹变成了走过场,甚至最后的高音他都没唱,而是来个低八度处理,像极了他彼时灰暗的心情。

出了录音棚,他便把这事扔在了脑后。没一丝希望的事,越早忘了越好。

阳光是在一个月后照进他的现实里的。一个自称是《三国演义》剧组工作人员的人给他打电话:"经过多方比较,我们选中了您来演唱主题曲。再来好好录一次吧!"

那个年代还不兴什么电话诈骗,每个字绝对都是真的!

就这样,深沉浑厚的"滚滚长江东逝水,浪花淘尽英雄……"穿越电视荧屏响彻大江南北,人们从片尾字幕中记住了杨洪基这三个字。

他的声音经过多年磨炼，就像一部历史！

多年后杨老师再说起这段往事，他依然那么沉稳淡定："什么事都别急，慢慢来，先把自己做好，成功总有一天会到的！"

这也就是我想说的佛系成功法吧。不急不躁，不争不抢，一切随缘。大多数时候，我们只须埋头苦干，不问日出日落不问所得所失。工夫到了，抬头便是你要的那片天！

不敢说累不敢说爱的男人最可爱

其实古人留下的有些话挺极端的,比如"男儿有泪不轻弹"。经过千百年碎碎念之后,弄得大老爷们儿个个都不好意思哭,从眼睛里失点水分好像失掉多少颜面似的。

继而,"男儿有累不轻谈",也在很多人心里圈起牢笼,把扛天扛地的男同胞憋屈死了!尤其是上有老下有小的那些人,面对妻儿,把累和泪都自动屏蔽起来,以此给家人传递爆棚的安全感。

在"哪一刻你感觉最放松"的网络调查中,高比例的答案是:"晚上到家后先在车里默默待几分钟。"因为那一小段时间,可以不用在同事和家人面前伪装,可以让累的感觉完全包围自己。

刘大成,一个成功的歌者,现在他给家人带来的是衣食无忧的富足生活。

但,在并不遥远的 2006 年,没有很多人认识他,也没有更多的钱让家里人活得更好。

那时他只身在杭州打工，内心最大的梦想就是能买套房子。但对于一个普通劳动者，这个目标难于登天。

没别的办法，只有埋头苦干！

每天拼死拼活的，能不累吗？但，累也不能说。

这一天，老婆从山东带着女儿来看他，仨人兴致勃勃地去游西湖。走累了，闺女让爸爸抱，大成马上蹲下抱起了她。此时走在身后的老婆突发奇想，起身跃到了他的背上！三明治似的搭配让他们都开怀大笑起来。

那一刻，三个人简直太幸福了！

以至于这个珍贵的瞬间吸引了一位《都市快报》记者的目光，并通过快门永久记录到了底片上。

第二天，这张幸福满满的照片就被登上了报纸，记者是这样写的：昨天虽然天气有些冷，但小刘还是玩得满头大汗。问他一个驮两个累不累？小刘边笑边摇头说不累不累。

这篇报道打动了很多人，都为这位不知名的男子汉点赞！

男人不说累，不过多抱怨，其实最主要的是不想给家人传递负能量，不增添哪怕多一点的担心。

谁活得都不容易。试想，一个大老爷们儿，一回家就叫苦叫累骂骂咧咧，他媳妇还能痛痛快快追剧、轻轻松松敷面膜吗？

绝不可能。

比起不敢说累的男人来，不敢说爱的也很可爱。

他们不在少数。尽管对姑娘心仪已久，但就是不敢表白，永远是一副爱你在心口难开的样子。而且越爱往往躲得越远，宁愿想你时你在天边，也不愿说出我爱的就在眼前。

于是，他们就抱着吉他，唱自己的心事；一个人骑着单车，去荒无人烟的野外郊游；跑上楼顶露台，对着月亮喝啤酒……

还有人，偷偷保存了姑娘的照片，并在背后写下了不敢说出口的甜言蜜语。

比如，有个姑娘叫王二妮，十五岁的时候，一位歌手拍MV她来伴舞。收工后，留下了一张清秀的照片。

红袄红裤红头绳，锅刷小辫红腰鼓。

拍完后，这张照片并没有留在二妮手里，而是被同单位的一个男娃珍藏起来。

她并不知道。

十多年后，二妮结婚了。有一天，她偶然在老公的钱包里发现了这张已经泛黄的照片。更惊奇的是，在照片的背面，写有这样的话：王二妮，太想你了，爱你一万年。

原来，那个可以被倚靠的男人，早就把爱藏在了心里，默默地对她好，愿意为她做一切事情。

回想起那些青涩的日子，二妮说她当年还小，对爱懵懵懂懂的，根本没想到那时就有人给她写下了无声的表白。现在尽管看起来这些文字有点酸,但内心充满了幸福。

  的确,这个男人太可爱了,在某年 10 月 16 号下午精心雕刻的细节,完全可以贡献给那些缠绵悱恻撕心裂肺的言情片。

坚持，
是你人生最大的大宝剑

写菜谱也能写成畅销书吗？

能！就看你怎么写了。

握紧"幸福就是好好吃饭"这一硬道理，厚厚的一本《一夫食堂》，曾经迷倒很多爱做饭和不爱做饭的人。什么时候翻开，都有趣、有味。

一夫，何许人也？

不知道长什么样。他形容从前的自己：曾经一无是处，看不到未来，看不到希望。

跟千千万万个我们一样。

但在百无聊赖中，他做了一件事情：从 2002 年开始在 BBS（网络论坛）上写菜谱，2004 年转战博客写菜谱，2010 年移师微博写菜谱……

甭管阵地怎么变化，反正就是一门心思地写菜谱。

直到"一夫"这个名字被更多的人记住，直到那本趣味盎然的书诞生,整整过去了 14 年。

蒋方舟曾经在她的书里狂赞阎连科:甭管外面下没下刀子,他都每天上午坚持写作几个小时。而且是古老的手写方式,爬格子。

一般来说,三个月下来,一本书的初稿就完成了。

你以为像这样的"荒诞现实主义大师"差不多都跟李白一样,游山玩水,拈花惹草,喝喝扎啤撸撸串之后就诗百篇了?

绝对不是。

小说家无法敷衍自己。蒋方舟形容这个群体:整个创作过程如同海上遇难者一样孤身挣扎,没有人能够伸出援手。

靠的是什么?

除了灵感和热情以外,更多的是坚持。

被誉为"金手指"的青年钢琴家吴牧野,15 岁时远赴法国,以第一名的成绩考入巴黎国立音乐学院。他的音乐天赋极其强大。

我曾在国家大剧院欣赏过他的独奏音乐会,两个多小时完整演奏全套舒伯特即兴曲作品。

全程没有琴谱,优美的旋律从他内心到指尖缓缓流淌出来,不曾有一丝谬误。没有夸张的形体动作,他就那么静静地、不动声色地让你在黑白键的轮回中,感受到一幅幅画面。

那是舒伯特和他，共同赠予我们的礼物。

妙不可言。

你一定会说，天赋使然。但吴牧野却对我说，天赋只是上帝给你的一辆超级战车，是否能赢，还得靠你一步步去驱动它，在四野八荒苦苦征伐。

现在，他依然给自己规定，每天必须至少练琴四个小时。雷打不动。远不是起身谢幕时那般轻松。

如此，这些刺破苍穹大功告成的人，他们手中那柄锋利之剑到底是什么呢？

坚持。

唯有坚持，才有胜利。

正面的例子举起来颇需斟酌，反面的例子倒俯拾皆是——

笔墨纸砚特别兴师动众地买齐了，但不出一个月，这四大法宝就不认识你了；手机里的"百词斩"，过了十几天的蜜月期，你就和它相看两相厌挥手告别了；咬了半天牙置办了单反，拍了没几天你就意兴阑珊。那黑不溜秋的大家伙，放着占地儿，背着躺沉，挺贵一鸡肋；下定决心网购跑步机、跑步鞋、跑步T恤和雪白的袜子，但行头没洗过几水，就全都歇了。好几千块的机器挂闲鱼又太可惜，当豪华的摆设吧！

……

所以，直到现在，你还写一手歪歪扭扭的字，说不出几个像样的单词,当摄影家的梦想也破灭了,最显著的积蓄就是肚子上一层一层堆起来的肥油。

顶多,在刷抖音的时候哈哈一乐。

无忧无虑的,挺好。

但任何宏大的理想,你别指望了,没戏。

多年前,一个小哥们抱怨,不会写节目串联。我建议他,每天坚持写东西,甭管写什么,只要写,运用文字的能力就会加强。

他听了,还挺激动。买了漂亮的本子,漂亮的笔,开始写。毫不夸张地说,那个好看的日记本没用十页,就永远保持住干净的姿态,躺在了抽屉里。

如今,十几年过去了,胡子都长满了那张俊俏的脸,但,他还是不会写串联。每次一提及此事,我俩都相视一笑。

有次录节目,来自中国传媒大学的一名播音主持专业的学生引起我的注意。倒不是台上的表现,是他的过往。

谁都想不到,那么帅的小伙子,原来是个不折不扣的小胖子。把照片翻出来,没人能相信那是同一个人。上小学六年级的时候,他就已经160斤了,比我现在都重。为了走艺考这条路,他决定减肥。尽管宠他的爸爸妈妈说男孩子胖点挺结实!

减过肥的人都明白,最好的方法就是多动少吃。于是,他坚持每天跳绳，一次不少于一千下。晚上六点之后不吃任何东西，九点后连水都不喝。

在物质极其丰富的家里，能咬牙自律一天，不难。难的是日复一日，复印般行动一致。

他说，有的时候那种饥饿感真的很难受。甚至看见冰箱里的一坨生肉都恨不得立刻吞下去。

很多人，都是在掉了几斤肉之后，又忍不住大快朵颐了。而他，一饿，就是半年。半年后，跟身上60斤肉说再见。

胖小鸭，变成了帅王子。

艺考后，他成了全眉山市唯一被中传播音系录取的优质生。全城佳话。

从身材管理这件事上就能看出，小伙儿是个具有坚毅品格的人。将来，还能成大事！

总有一双水晶鞋，
在某个地方等着你

某天去小区物业拿快递，抱着箱子出来，老远就见一个人死死盯着我。

莫非我拿错了东西？

莫非我还很帅？

莫非……

仿佛都不对。

等走到我能看清他睫毛的时候，我们俩同时开口——

你是……？！

原来我俩是分开三十年后再也没见过的中学同学！竟然在一个小区住，并且在没一点设计的情况下相遇了。

你以为我写下的题目是说，我是那双水晶鞋，在一个老旧的小区没日没夜一直等着他？不不不，完全错了，为他天造地设的水晶鞋并不是我。

从三十年前的某一天说起吧。

北京大学，这个神一样的学府，忽然派人来到我们这所山城中学，选拔尖子生。专业也是神一样的存在：东语系，阿拉伯语专业。从来没听说过。

我们班两位外语最厉害的男生被叫去面试了，我们就像经历了一场大地震似的，惊得不知所措。小区这位曹同学，当时就是其中之一。

一个多月后，喜讯传边寨了，另外那位眼镜男被幸运砸中：北大提前将其录取，不用考！试！了！

保送北大，搁现在也是件天大的事，更甭说在《让世界充满爱》刚刚流行的那个年代了。眼镜男结结实实体会到了那充满世界的爱意。他每天还照样来上课，只不过破旧的课本换成了崭新的外语期刊。

脸上的笑容自然也比原来多了，自信的男人自带光环。

论失落，肯定是曹同学比我们要深很多，因为他痛失了那个近在咫尺的良机。

接下来的日子，但见曹同学话不多说梦不多做，一头扎进功课，连仿佛刚刚就要来到的初恋都被掐死在摇篮里。他深信只要努力，就像灰姑娘等到那双最合脚的水晶鞋一样，成功，一定在某个地方等着自己。

就这样，以持续不断的冲刺状态，他闯过了高考的终点线。

当时的报考流程跟现在不同，成绩还没出来的时候就要填报志愿。曹同学毅然决然地写下了第一志愿：北京大学东语系,阿拉伯语专业。

三十年后再提起这件事,老曹感慨良多:"其实当时的自己并不了解那个专业,更谈不上喜欢。只是有种莫名的力量在推动自己。某种程度上讲,像是在争口气,又像是在赌口气。"

的确,成绩出来后,他是当年我们市里的文科状元。报北大的哪个专业都应该没问题。

电影都写不出这样皆大欢喜的情节:经过几个月的跌宕起伏,两个尖子生殊途同归,在一个金灿灿的日子,一同走进了北大课堂。携没携手不知道,反正继续成为一个班的同学,据说还住同一个宿舍。

你看,梦,谁都在做。但为梦想买单的努力和坚持,不是人人都可以付出的。

埋头坚持的人,最值得敬佩。

这让我还想起一个人来。

江涛,家喻户晓的歌者。很少有人知道,在走上绚丽的舞台前,他曾当了十年铁路工人。在汗水的浸泡中,唯一能让他感到快乐的就是手里的那把吉他。

他唱歌,写歌,把疲惫和辛劳都遗忘在了琴弦里。

也曾有人对他说,别做梦了,三十好几的工人,还能当歌手吗?

他没有止步。而是连续参加了三届青歌赛，并且最终夺得了冠军。谁能想到，那个用音乐丈量铁轨的普通人竟然拿下了国内最高的音乐奖项。

梦想实现了，但似乎青歌赛的冠军魔咒也在他身上挥之不去：往往拿第一的并不会太火。用他的话说，从1992年获奖后一直"盲行"了五年——找不到最佳的音乐方向和最适合自己的作品。

彷徨之余，他依然没有停歌。认真地唱每一首能接触到的歌曲，认真地站每一个能登上的舞台。闲暇时刻，伴随自己的还是枯燥的声乐训练。

直到1997年的某一天，作曲家卞留念打来电话："刚刚创作了一首《愚公老伯》，无论从声音气质还是从忠厚的山东人的外形气质，都特别适合你！"

而且卞老师难掩兴奋，在电话里还唱了起来："望望头上天外天，走走脚下一马平川……"

握着听筒，江涛激动不已，知道自己一直等待的那个作品终于来了！

赶到录音棚，不出半小时就大功告成，所有人都觉得这首歌就是为他量身定做的。

兴奋之余，他对歌名提出了质疑：既然唱的是那个家喻户晓的寓言故事，为什么不直接叫《愚公移山》呢？有共鸣还易于传唱。

卞老师一听,有道理,改!

就这样,在"盲行"了五年之后,这首融入了大量秦腔和河北梆子等戏曲元素的流行歌曲,让江涛火遍大江南北,成为他辨识度最高的代表作。

你看,坚持有多么重要。如果像大多数人那样轻易放弃,那么那双漂亮的水晶鞋等待的一定不会是你!

[三]

红尘间喧闹的谐谑曲·微欢喜

葡萄的秘密

简直

太多了

所以它的藤

七扭八拐地

伸往各个方向

急于掀开每一只耳朵

悄悄说出

酸和甜的过往

"52岁大爷"这个老哏

有那么一天，#周涛52岁的状态#上了热搜。一组清新脱俗的照片下，评论区里最多的话是"哪里看得出她已经52岁了！"

这真是五张有二的吾辈情不自禁的骄傲。

细细数来，52岁，是这一年久经考验、经久不衰的老哏了。

发端，是北京新发地瞬间成为热词的时候，我们正在录制端午晚会。每一个口罩后面都是难掩的不安，每一个眼神都添加了特殊的意味。

演播厅里，没有一个观众。减到最低量的舞蹈演员，落寞地在舞台上排练，像是舞着自己的心事。

休息间里，突然有人高喊："查出来了！感染的是一个老头儿！"

众人齐问："哪儿的老头儿？"

"西城大爷。"

这种新闻是爆炸性的。我也迫不及待地问:"老头儿多大了?"

"52岁!"

我石化了。疑惑地看着这个传递情报的90后:"不会吧?"

"千真万确!手机里都报了,说这老头儿还行,记忆力特别好,把前几天去过哪儿都罗列出来了。"

我知道他还没明白我的关注点。着力问他:"52岁,就算老头儿了?"

"对啊!"

看我目光有点绝望,稍微改了改口:"应该……是吧?"

"哦。那我也是老头儿了……"

这回轮到90后石化了。"我……我不是那意思。"

吃着盒饭的同事们,被这意外的场面逗乐了。

"我真不是那意思,不知道您也52岁。"

再怎么解释也找补不回来了。我的心,破了一个大洞,风嗖嗖的,透心凉。因为一点心理准备都没有,压根没把自己和"老头儿"联系在一起。

但我知道,这丝毫不影响在年轻人的潜意识里,60后的年龄就应该是老年人了。你看,铺天盖地的媒体不也都称那位同龄人为"西城大爷"吗?

所以,内心再怎么激昂,也是个青春大爷了。

好吧。

时间来到炎热的夏季。

还是吃盒饭,还是爆猛料,只是戏码换了。

其乐融融中,突然另一个90后抱着手机惊叫:"一辆公交冲破护栏掉湖里啦!"

啊?!

"过程中没有减速,看着好像是故意的!"

"这司机也太狠了吧?"同事们感叹。

30秒手指头上下翻飞后,该90后大声宣布:"司机是个52岁的老头儿!"

经历过西城大爷事件后,大家变得比较谨慎了。听到"老头儿"这个关键词,都埋头于盒饭,偷偷露出内敛的笑容。

只有我打破了静默:"怎么又是个52岁的老头儿!"

"是啊!"90后没心没肺地附和。

之后,他突然抬头看我,眼里闪烁着复杂内容。"我是不是说错什么了?"

"孩子,没错!"我用老年人特有的慈祥面容回应他,力图把聊死的天挽救回来。

但,他不知道怎么接了。

深秋的地铁里。上班的人拥挤在一起。

我身边一对小情侣热烈地对话。热恋的语言是不用避讳人的,他们骄傲地想让所有人听见。

女孩问:"你妈还上班吗?"

男孩答:"她已经退休了。"

"身体好不?"

"还行,就是有点高血压。"

"那你爸呢?"

男孩提高了音量:"我家老头儿身体挺好的!"

"老头儿多大岁数了?"

"52,属猴的嘛。"

……

我被巴扎黑圈粉了

巴扎黑是条狗。

我爱上了巴扎黑。

它胆小怕事,总跟在那只叫吾皇的猫屁股后面。见情况不妙就躲,见街头霸权就怂,当然了,见扑鼻而来的美食就上。

特别真实,一点都不伪装。

巴扎黑是被画出来的,它的主人是个年轻小伙儿。不知道帅不帅,但很酷,在自己的笔下你永远看不见他的五官。或许恰恰是被他一笔抹掉了长相,才给人一种无比自信的感觉。

相比巴扎黑,那只骄纵的猫被他封了皇,营养过剩的样子,看得出被主人宠坏了。它敢上他的头,敢恶搞他,敢在他卑躬屈膝铲屎的时候给他甩脸子看。

他不仅不牛气,还乐得跟傻子一样。

在他的画里,他还给它戴上了皇冠,安排了颐指气使的做派。

不过我还是喜欢巴扎黑。尽管它长得丑丑的，五官快长到一块儿了，但眼睛挺亮，能在那里看到各种情绪和心理活动；我喜欢它的躲躲闪闪唯唯诺诺，总是被欺负的感觉挺像我小时候的；我还喜欢它总被算计，最后一个才明白真相的总是它这个配角，也那么像我。

以前我不怎么爱看漫画，但偶然遇见巴扎黑，改变了我的阅读偏好。以前总以为很简单，但现在觉得它很高级。

高级在不仅用几幅小图画就能讲好一个故事，还在于那种强大的共情能力，起码我看过之后，经常被感染，久久沉浸在它营造的情绪氛围中。

顺便带来的福利是特别开心。它能在你毫无防备的情况下让你乐出声来。在沙发上，在被窝里，在任何一个可以休闲的地方。有一次，在飞机上我又被巴扎黑逗乐了，吓了旁边的老头儿一跳。

所以，尽管那个叫白茶的帅哥作者一顿挤兑巴扎黑，但我还是原谅了他。毕竟是他创造了这只模样不太好但傻得可爱的狗狗。

我对宠物一点研究都没有，不知道它属于什么品种。假如，我说的是假如，哪天我也下定决心养狗了，一定要领一只巴扎黑这样的小东西回家。

我得对它好，把它在漫画里受的委屈找补回来。给它买最贵的狗粮，不让它再有看吾皇吃东西时可怜巴巴的样子；

我也给它配个王冠，要中式的，前后带珠帘的那种，让它肉滚滚的身子走起路来，脑袋上瞬间能春风拂柳仪态万千……

以前我特别不能理解二十开外的外甥女追日本漫画的样子，一有更新，整个人能从沙发上弹起来，并发出像看见陈伟霆一样的尖叫声。吓得在一旁忙碌的我老娘，差点扔了手中的盘子。

现在我理解了，这个充满求知欲的热血少女为什么痴迷于那些并不会说话也并不会活动的图画小人儿，而且不用家长督促自觉学起了日语，并日渐熟练，张口交流的程度赶上了从小就学的英语。

有一天，竟然一个人手拿一张日本地图，周游了那个她曾在漫画中熟悉的城市。她回来告诉我，日本的老爷爷很热心肠，向他们问路，不仅耐心指点，还亲自颤颤巍巍地送你到目的地。

真的想不到，一幅幅黑白的漫画，竟然能影响和改变一个年轻人的生活。或许，这就是文化的力量？

再回到我。如今我也沦陷了，每次点开白茶小哥的公众号，一看到有更新，心情瞬间会好起来，就像多年前我妈看到倪萍要讲故事就预备着抹眼泪一样，划完第一格我就酝酿着要偷着乐了。

不过，我也想告诉巴扎黑别太得意了。尽管由它领衔主演的几本纸质书我都看过了，公众号的每一条我都贡献了阅读量，但最近我还偷偷爱上了另一个胖嘟嘟圆滚滚的人物真由美——安倍夜郎画的漫画版《深夜食堂》里的一个吃货姑娘。

她太可爱了，浑圆的脸蛋儿，齐耳卷边的短发，憨厚外表下藏着的那股子狠劲儿，在看到食物的时候就能充分发挥出来。尽管一进食堂就说最近在减肥，但每次都跟老板说"再来一盘吧！"。

你看她幸福的笑脸和脸上幸福的汗珠子，都特别想冲进画里从她的盘子中分享冒着热气的美食。

反正看着办吧，如果巴扎黑不好好表现，就有掉粉的危险了！

和球盲看球，
是怎样一种极致体验

世界杯这个强大的 ID 就像春天里的花粉，敏感的人，能持续一个多月，高潮迭起、喷嚏不断。而也有那么一些人，根本不用戴什么口罩，完全无感！

你对着屏幕大呼小叫，而 TA 却嗤之以鼻，一副绝对高冷、特别性冷淡的样子。有时，一句话能让你瞬间萎靡——

解说员正卖力地夸法国："队员们拼得太凶了，博格巴，博格巴！"

她从厨房里溜达出来，一脸迷惑："啥玩意儿？法国队还有叫锅巴的？！"

……

每天上班的前半个小时，都是热议头天晚上的比赛结果，积累闲谈时的素材。一位同事，正热聊自己的英明判断，投注了 20 块钱，就跟赢了 20 亿似的。

忽然有人问他:"每队上场的有多少人啊?"

他从赢钱的兴奋中拔将出来,眨眨眼睛:"每队22人吧?"

"那这么说场上一共44人咯?"

"绝对的,没错!"他跟江姐一样坚定地说。

"那人墙得多厚啊!"

一哥们儿幽幽地评论道。

……

老公看起球来连句像样的小情话都不说,她显得特别失落。在老公一次投入地嚎叫之后,她恶狠狠地说:"再不理我,我就把遥控器上的5抠掉!"

老公立马大惊失色,贴心地问:"你说,你咋就这么不爱看球呢?"

终于有倾诉的机会了!

她说:"足球太没意思了,半天都踢不进一个球。我觉得规则上应该向篮球看齐,犯规了就罚点球!这多带劲!比分肯定哇哇大涨,整它个45比60啥的!"

……

那位有洁癖的老婆也不爱看球,网开一面让老公看比赛,她就在一边刷手机。问她为啥?她说足球赛太脏!不敢直视!

"那些看着挺规矩的小伙子,为什么一上草坪就爱吐痰?"

"不是有国际'爱'委会吗？怎么也没人管管？"

……

梅西把点球都射失了，最沮丧的是看台上的马拉多纳，一个个表情包连续诞生了。

老婆不解地问："镜头怎么总给这个老太太？是梅西他妈吗？"

……

"男模队"在俄罗斯的风水没整明白，一路都不顺。老公苦口婆心地介绍半天背景资料，并以个个都是帅哥这个噱头吸引老婆观看。

厄齐尔好不容易发起一次进攻，她却大叫："哎呀妈呀——俄罗斯怎么有中国的广告！"

"快看——OPPO！万达！蒙牛！"

怪不得德国队不赢。原来，男模们抵不过一块场边的广告牌。

……

每逢巴西队出场，球盲就一点都不盲了，那个顶着一头方便面的内马尔，她第一时间就能捕捉到。"方便面"一充斥屏幕，她就大喊——

"小内内，我的小内内！"

原来，她和几个姐妹早就攒了一个群，群名就叫"小内内"。

……

那届俄罗斯世界杯的入场设计有点意思，展开国旗的那一瞬间很别致，让人有点小激动。球也有点意思，球面设计竟然使用了马赛克！开球时的大特写看得很清楚。

随着哨声，她突然问："老公，球上是不是印了大卫雕像？"

"怎么会呢？大卫和足球没啥关系！"

老公一脸懵懂。

可她十万个小问号突突往外冒："没大卫怎么会打马赛克呢？！"

……

唉，如果身边有一个球盲，就会有一百种可能性的诞生。

扶朕起来，
朕还能再笑一会儿！

一个挺有文化的哥们儿。

有天闲聊，他说："你那团队挺强啊，有那么多年轻导演都在你的毛下！"

毛下？哪个毛下？怎么听着好像有点不雅？我迟疑着没立马接茬儿。

他看出了我的思想活动。"你咋那么没文化呢？毛下，就是对将帅的一种尊称，没学过古代汉语啊？"

原来如此。我明白了。

"那叫麾下，好像跟毛没关系。"我小声回应，怕他尴尬。

他陷入了复杂的思想活动。

良久，他才爆发了蘑菇云般的笑声："哎呀妈呀，我都念了一辈子'毛'下了！"

小时候爱玩打仗游戏。

一小黑胖子每次拿出他那把用铁丝弯成的手枪，就忘情地冲我们怒吼："老子有小米加步枪，你们肯定得玩儿完！"

那时，电匣子里总能听见有人自豪地说八路军、新四军有令敌军闻风丧胆的小米加步枪。

但，怎么个厉害法，谁也不知道。

小黑胖子特别权威地解释："你想啊，这枪能打小米，是散射弹，能打你个满脸花！"

嚯！厉害！

"而且，还节约子弹，塞进一把小米就能打！"

嚯！太厉害！没想到粗粮还能当武器使。

"这是红军发明的！"小黑胖子抹了一把鼻涕，仿佛自己就是红军。

这神奇的小米加步枪定义，我一直信了很多年，直到上了中学才听到老师正确的解释。那时，小黑胖子也该进入青春期了，他还坚持射小米吗？

中学的一位英语老师，特别瘦，班里的坏小子们就偷偷给她起了个外号，叫"干虾米"。

现在想想，挺损的。但好像上学那会儿，外号特别风行，不起几个独特的，似乎体现不了命名者的高智商。

比如，有个同学嘴大，牙床外凸，就被叫作"大猩猩"；有个同学嗓门巨大，就被尊称为"李大炮"……

同学之间叫外号没啥顾忌，张口就来，叫的人理所应当，被叫的人也不急不躁，好听不好听的，就这么着吧！透着一股子亲热劲儿。

但"干虾米"只能背地里使用，谁也不敢当着老师的面喊。

可就怕那句老话：习惯成自然。

有一天，我和一个同学正在校园里愉快地玩耍，无意间和英语老师碰了个面对面。

这小哥哥太懂礼貌了，看见老师必须得打招呼啊。但彼时，下意识正控制着他的小脑袋瓜子，他响亮地脱口而出："干虾米"！

那一声，字正腔圆，还带着无限尊敬的情感元素。

之后的那个瞬间，空气凝固了，我看见这一大一小两个人，脸都通红，尬在了那里，定格在那个阳光灿烂的日子。

小哥哥特别惭愧，回家描述了这一历史场景。

大院里的一位老奶奶，一边择着韭菜一边教导他：后生们不像话，干虾米，太难听了。给老师好好起个外号！

……

早上的地铁里，经常会发生气体泄露事件。每到这种情况，车厢就变成了一个超大的鲱鱼罐头。你还没处躲没处藏的。

这天，不知是谁又偷偷泄露了有害气体，令人窒息。

我前面的小姐姐，做出了最夸张的掩鼻、扇风的动作。

眉头也皱出了一个大疙瘩。这是向罐头里的鱼们宣誓：绝不是我干的！

就在她努力做动作的时候，悲剧发生了。可能是她扇得太用力，竟然从她瘦弱的身体里发出了一声巨响！

周围的鱼们愕然。

乱翻频道。

电视剧中，男主回家，给老爸买了双鞋。全景里，那个纸袋子上有四个字。正赶上闺女从房间出来喝水。她瞟了一眼，问我："北京市鞋是什么鞋？"

嗯？我只知道有市花这么一说，难道现在连鞋子都要评城市代表了？我表示很无知。

闺女非得要打破砂锅问到底："别翻走啊，植入广告一会儿肯定有特写。"

好吧。话音未落，特写真来了——

北京布鞋！

晕倒。

松岛君终于急了

松岛君并不姓松岛,是我给取的雅号。

他来自宁夏,在他的语言体系里,用不着前鼻音。所以,他跟我打招呼,每次都是执着的"松导",而不是"孙导"。

所以,在他憨憨的笑里,我如此这般顺水推舟地还他一个"松岛君",而且叫出来还有某种要鞠躬的冲动。他听了也不急,笑得更透彻了。

语言是一种固执的工具,像修自行车师傅手里那把磨得锃亮的扳子,老旧但用着熟练,真换一把崭新的还不见得顺手了。松岛君的后鼻音就是如此。

比如,单位对面是那座著名的摩天大楼,他出门路过,会发出浓重的赞叹:"中国宗(尊),蒸(真)高!"

比如,出差前给大家联系酒店,有人问他住哪儿,他很幽默地回答:"吭(肯)定不是希尔洞(顿)!"

这包袱抖得,比他预料的要响得多!

大家结结实实欢腾了一阵子,以至于"逛中国宗,住希尔洞"是众人口中最快乐的向往。有人试图帮他把前鼻音揪回来,很认真地一句句高声领读,但他的声音依旧顽固地从鼻腔后面发出来——

"孙悟空""松悟空"。

"孙悟空?""松悟空"。

"孙悟空!""松……悟空"。

他不是成心顽固,鼻腔、口腔、舌头、牙齿,很努力地在一起配合,"丝……"的前奏酝酿了很久,但落脚处仍然是不可救药的"松"!有一次竟然差点咬疼了自己的舌尖。

看他眼角起了泪花花,领读的人便放弃了。再破,还是旧扳手好使!

由他去吧。

松岛君干什么事都不急,在组里负责报账,每个节目都自己在小白板上画张表,把报账的每一个细小的流程都列出来。处理一个便在格子里画个圈,完成一个便在圈里再画个勾。

他最幸福的时刻就是扶扶眼镜,端详那些密密麻麻的圈圈勾勾,像是一位将军在检阅自己的士兵。为了那些士兵,其实他需要和各种人沟通,打各种电话,耐心地跟人家解释,同样的内容得重复无数次。

好脾气带来好进度,他报账的速度一般都走在别人的前头。

当然,也有例外。

那天笑眯眯的松岛君终于急了。他盯着电脑喃喃自语，脑袋像风浪上的小船，毫无规则地不停晃动起来。到年底了，大家都急着清账，不知道是哪位爷在哪份合同上出了差错。

我静静地观察，火山顶上已经不断地冒出浓烟，一股比一股多，一刻比一刻烫！

我刚想上前灭火，突然，松岛君从椅子上站了起来，打喉咙深处发出一声怒吼——

"这个松子！！"

你是不是又一次咬牙买了健身卡，
然后又一次把它丢在了风中？

懒惰的人都是相似的，不懈的人各有各的坚持。

相似的情况大致是这样的：经过百十来次正面教育和反面教材的双重挤压，终于在空气中飘着荷尔蒙的前台付了款，耳边动感单车的音乐和教练超分贝的鼓噪，仿佛是在给自己加油。

拿到健身卡的那一刻，除了跃跃欲试的冲动外，说实话还是有点心疼钱的。

不过转念一想，这张卡的钱还没一个手机贵，也就是买一百份吉野家双拼的银两。与理想中的彭于晏的身材相比，那摞起来六米高的双拼也就随它去吧！被风吹倒了，最好砸着个胖子，别糟践了那些鸡肉和牛肉。

撸铁是硬道理，健身卡是时光机。当年的彭于晏，完全是个小胖儿啊！有了榜样放在那儿，就有了前进的动力！

于是，一开始的那个月份里，每周怎么也得去个三四回。

一进健身房，那股子汗味儿都觉得蛮新鲜的。各种器械轮流过手一遍，甭管姿势对不对，撸了就有用！反正又不额外花钱。游泳池也不能糟践，浅水、深水都沾沾。据说游泳是最好的锻炼方式，摆在面前的最好，怎么能还给别人呢？

最瞧不上的就是那些孤单寂寞冷的大姐们，躺在健身垫上，手都不带抬的，最主要的是活动嘴：热聊的对象是身边乖乖蹲着的、被高价买了课时的帅哥教练。

敢情器械房里也有知心弟弟，专门负责疗伤。

这厢里一口一个姐，那厢里一声一个弟，听着那叫一个亲。

和谐之花盛开之后，大姐的胸怀也跟着广阔起来："弟啊，以后有困难找姐姐！"

这位小弟当然不是省油的灯，立马接上："真倒霉，手机今儿摔坏了，听说华为最新款比苹果还好用？"

……

不知道结果怎样，反正好身材起了决定性作用。

听着身边的小插曲，又狠狠地举了两次杠铃。还别说，锻炼了就一定有效果，冲完澡出来，肚子比以往叫得厉害。于是，晚餐多给自己加了一个肉夹馍，多叫了一瓶啤酒。

一个月的蜜月期下来，事情并没有按预定方向发展，体重不降反升。怎么回事？小腹上没出现八块网格，反而又鼓了一圈。

健身卡的热度倏然跌了下去，半个月摸出来一次就已然不错了。

当然，不愿意去的原因也是随口能说出来的：

一到傍晚都扎堆儿去，没地方停车；

更衣间里太臭了，没法呼吸；

公用拖鞋都被汗脚占领过，没带拖鞋坚决不能去；

淋浴间里连个浴帘都没有，是不是很尴尬；

泳池里的水温太低了，下去都得咬牙；

网上说池子里的尿液比例极高，万一呛口水呢？

……

随便拿出一条都能说服自己，别去凑那个热闹了。

于是，眼看着健身卡慢慢过了有效期，被无情丢进了风里，还没一片落叶美丽。

于是，任由身体向更福气的境界挺进。

直到有一天，实在看不了镜子里的自己，实在禁不住健身房的推销，又一次掏了腰包，买下了崭新的卡片，进入新一届的轮回。

懒癌，是世界上最难治的病，没有之一。

单位一哥们儿，经常说自己去游泳没意思，要招呼大家一起去。我们等了半年，泳衣天天备着，直到今天也没用上。

继续等吧。

第一个相中小麦果腹的人，简直了不起

全民抗疫的日子，大家都自觉关了禁闭，能不出门的绝不出门。迫不得已去倒垃圾，也必是鬼鬼祟祟战战兢兢的，那段不长的路，走起来像是在大澡堂子刚刚脱光了衣服迈向热水池的过程——紧迫，仿佛又紧不得，哪只脚伸出来都似乎不很体面，脑子里想象着万箭穿心的画面。如果非要说有不同，那只能是恐惧略多于羞愧罢了。

原来澡堂里都是人，很怕；现在楼门外一个人没有，更怕。

极偶然的机会我遇见一位邻居，像刚从冰箱拿出来的冷藏食品，从头到脚裹上了塑料膜：头戴能挡热水的浴帽，身穿不合时宜的雨衣，手戴吃鸭脖用的手套，脚穿菜场的塑料袋。由远及近，那种刺啦刺啦的声音冷酷无情。

照面非打不可的时候，她从口罩和大镜片的压迫下，勉强挤出一个警惕的眼神，落到我身上后又倏然抽了回去，好像怕沾上什么东西似的。与此同时，向自己的空白方向公转

了一个大弧度，宁可撞了马路牙子上无辜的篱笆，也不肯多近我一公分。

之后，刺啦刺啦的声音加快了节奏，逃也似的离我远去。

唉，同是倒垃圾，相煎何太急！

也罢。如果垃圾不逆流成河，还是不出去为好。

长期蜗居，唯一能变出些花样的地方恐怕只有厨房了，许多人都参加了朋友圈的面食大赛：馒头、花卷、包子、烙饼……不一而足。仿佛个个都是神奇的白案高手。为什么不晒米饭呢？因为大米只长了一个模样，而且是电饭煲做的，没有技术含量，显不出人的高明来。

如果谁拿一碗白米饭来炫耀厨艺，不是来搅局就是家里没白面了。

好在我家的库存还够，积压着半袋小麦粉，闻闻还没发霉。这让我暂时忘了倒垃圾时的窘迫，像是小孩子忽然间在床底下发现了久没玩过的玩具一样兴奋起来，内啡肽悄悄蔓延。

做面食对我来说是童子功，小学三年级的时候就独自蒸出了人生中的第一锅馒头。那时手上的力道不够，碱搭好后揉得不匀，以至于揭开锅每个馒头上都有零零星星的褐色斑点，卖相一点都不好。尽管两屉馒头一个个的都很委屈，但爸妈给予了充分肯定，吃起来都很香的样子。我低头看看胸前的红领巾，感觉它更红了。

当下要做的，只不过是温故知新而已。人是很棒的一种动物，一旦你学会了某个本领，即使搁置了二十年，再次输入操作密码后依然能得心应手。比如骑自行车，比如游泳，比如蒸馒头。

我没晒朋友圈，但手里操弄的一系列面食得到了共克时艰的老婆孩子的一致称赞，最极致的表达是："饭店里做的也就这样了！"这点颇不易，因为炒出菜来她们总是一个说淡一个说咸，一个说多一个说少，一个说油一个说素，哪个也不好惹。

不过事物往往是两面性的，你刚刚看到它的好，那蕴藏的坏就不请自来了。具体到这件事，就是那半袋面很快见底，老婆又下单买来两大袋，续上了。

可怜厨房里的"骆驼祥子"，脚底生风，手里挣扎，挥汗如雨，还一个子儿不挣。最绝望的情形是左边的灶眼儿在炒菜，右边的灶眼儿在烙饼，哪个手慢了都是大事故。

偶尔抱怨一下，得到的安抚是："我们不会做啊，你最棒了！"

这真是不嘚瑟不会死。后悔当初眉飞色舞讲述小学三年级的故事了，抓把米扔电饭锅里不也饿不死人吗？

唉。

但一般来说，骆驼祥子是贱骨头。看着她们眼巴巴地望着厨房，嚼着酥脆的葱花饼而露出的满意笑容，又放下手机里有关疫情的各种焦虑，往大瓷盆里开始倒腾干面了。

揉面的次数出奇多，电视上满屏的确诊数字不归零，估计得一直揉下去。

人在机械动作里，爱运动脑子。看着手里的面团，我忽然想到了一个深奥的哲学问题：小麦从哪里来？它是怎么变成馒头的？你有没有思考过，那第一个相中小麦来果腹的人，多么不简单！

"度娘"告诉我，在地球上，小麦最早诞生的时间是新石器时代，中亚的古人捕获了它。是哪个腰间裹着兽皮、手里拿着石块的人那么了不起，把它当作能喂饱肚子的食物？

想想看，它没有野猪的肥腻，没有果子的浓香，样子跟草也差不了多少，实际上也是草的一种啊。能吃的部分都隐藏在毫不起眼的颗粒里。TA 是怎样慧眼识珠地采撷了它，继而一粒粒地去了皮，碾碎成粉，加水和成面团，再用火将其烤熟。这每一步，对于我们能和新冠病毒拼刺刀的现代人来说轻而易举，而对于茹毛饮血的远古人来说难于登天。每进阶一次，都需要大智慧支撑下的顿悟，以及稍纵即逝的灵感。

我琢磨着，这肯定不是一天、一月、一年发生的事。也许，是位有着古铜色肌肤的部落首领，某天打猎一无所获，在回山洞的路上，顺手摘了一把迎风招展的麦穗。他喜欢它们金灿灿毛茸茸的样子。在洞口守望的年轻部落女子，没盼来肥硕的野猪。一丝失落的神情掠过面颊的时候，发间却多了几尾跳动的麦穗。首领望着她笑。

她跑到小河边，偷看自己的影子。很美，但她还不会用妩媚来形容。

当晚，首领的枕边充满了麦香。

接下来的日子，无论有没有收获猎物，他都抚弄一把麦穗回来。渐渐地，床边已堆成小山。

不友善的冬季来临。可吃的东西越来越少，任何果子都找不到了，动物也不知都藏到了哪里。看着日渐憔悴的她，首领发出从未让人听到过的一声太息。

篝火旁，他随手挥舞着那些麦穗逗她开心，金色的颗粒撒了一地。无意中，他捡起一粒丢到嘴里。那层艰涩的硬皮在舌尖脱落后，圆滚滚的芯子竟然传递出异香！

他示意她尝尝。她拼命点着头，眼里闪烁着赞许的光芒。

这似乎是天大的好消息。

深夜，她沉沉地睡去。而他，在残留的篝火边，用掌心搓掉那些颗粒的硬皮，催生出一把把可爱的麦芯，预备着他们第二天的吃食。

如你所想，他们熬过了寒冬，凭那以前从未注意过的毫不起眼的草来续命。

之后，这个部落的人见到这种草都尽力收集起来，学着首领的样子，把它们搓成食物。

首领的儿子降生了。给他起个什么名字呢？她想起了那个在河边顾影自怜的黄昏，觉得这个可爱的孩子和那把幽香的草,都是神灵赐予她的。她对首领说:"大人的名字叫麦嘉,不如儿子和那种神草,都叫小麦吧!"

"小麦。……好!"

……

"你的面什么时候揉好?闺女的网课马上就要下了!"孩儿她娘的催促竟然打断了我的冥想。

还有好几个步骤没完善呢:那些麦芯被谁磨成了粉末,又是谁不小心洒了水被迫把它们捏成面团?接着又是哪个聪明家伙把它按成面饼,扔进石锅里用火烤熟?

……

好在过不了几天,又该做面包饺子了。那时再想吧。

看看窗外,树枝上的喜鹊一点报喜的任务都没领到,好像恋爱都懒得谈了。看不见人,仿佛魂也丢在了半路上,呆头呆脑地望着天际线。它们不想关于小麦的哲学,又在想着些什么呢?

我朋友圈里有这几个人，你有吗？

现在的朋友圈，就如同一部《红楼梦》，尽管没写尽人生百态，也大抵差不多了。而且活脱脱能体现"假作真时真亦假"这句警示名言。不信吗？你也许在圈里没遇见过贾雨村、贾宝玉、贾迎春，但一定熟悉贾家的另外几位赫赫有名的人士。

贾文艺——

经常在壁纸类APP里下载图片，并且钟爱田园花鸟类。晒图的时候所配文字一般都以这句话开始："捧一杯香茶伫立窗前，任清风吹拂我的面庞……"

就像以前新闻导语里总以"随着人们生活水平的提高"开篇，经年累月地用，仿佛不说这句就开不了头。

为有所区别，顶多换换定语和宾语。比如，捧一杯淡淡的香茶，伫立在飘雨的窗前，任清风吹拂我的长发。反正圈主用人生大部分时间在窗前喝茶就对了。

然后是思考，对家庭，对事业，对爱情，在金牌开场白之后娓娓道来。

每次看完我都忍不住跟 TA 建议，出一本散文集得了，名字就叫《那窗，那茶》，至于畅不畅销我就不知道了。

贾装火——

演员火不火，其实 TA 自己心里最明白。火的人，一般不怎么发声。不火的人，却必须得万马奔腾。

电视里播出了自己的演出，立刻占满九宫格充分展示。这本无可指摘，但其配文有点可疑，且耐人寻味：谢谢各位亲的截图，想不到你们都等着我呢！

如果你有兴趣打开图，放大，就能看到，里面的电视机品牌和大小都差不多，估计压根儿就是在自己家拍的。否则，哪儿有那么多的膜拜者专等着你出现，并且都激动地拍下来，再从四面八方不辞辛劳地发给你？

其实，堂堂正正地告诉大家自己上电视了，还拍了下来，否则手慢无，又怎么了？没偷没抢的。演员发播出照为自己宣传，很正常啊。

非要营造一个自己火得不得了，无数人都热捧的大好局面，这就有点闹腾了。

上小学的时候没学过弄巧成拙这个成语吗？

贾装火还有这样的兄弟与其神似——

每天不停地发收红包的截图，告诉大家有太多的人在排队买TA写的歌。一个字，火！两个字，太火！

忽一日，我发现身边的哥们儿也给TA转账了，而且数目不菲。忍不住好奇心的我一探究竟：你一干编导的也去跟TA买歌了？

"丫把我头像P上去的！"哥们儿显然出离愤怒了。

"不过事先跟我打招呼了，让我帮帮忙，满足TA虚假繁荣的样子。我也就当一回好人得了。"

你说这何必呢？真写得好，王菲就主动找你了。有这样一张截图就能顶一万个假头像。

踏踏实实埋头写作，多好。

贾委屈——

在贾氏家族，这位大仙儿比起其他人来，生活过得更殷实，不能说完全像"闲得要命，富得流油"的咸鸭蛋，也应该差不多了，去趟美国就跟我去趟赛百味那么简单。而且，无论飞哪儿都是头等舱，想坐想躺随随便便，想吃想喝分分钟钟。

可能是要照顾咱们这些普通人的情绪吧，每次登机发圈，TA都诉一肚子的委屈，看起来生活状况比咱们还惨。

比如："昨晚就没睡好，一想起那么漫长的时间继续浑浑噩噩，真的要疯掉！"配的照片里面前是杯鲜榨果汁和雪白的方巾，背景是笑容可掬的空姐。

"赶路，赶路，没完没了地赶路！苦了我这二丫兄弟。"照片里是可劲儿晃的二郎腿和印着航空标志的一次性拖鞋。

"都看完一集《三生三世十里桃花》了，还没开始飞，感觉腰都要断了，你们到底要闹哪样？"照片里是半独立的隔间，前面的液晶屏超大。

……

你就直接说你在头！等！舱！不就完了嘛，何必思来想去找那么多花样。

贾庄忙——

特高冷，从不发图片，永远都是一两行文字，多了没有。跟无印良品一个调调，性冷淡的样子。口气都像 CEO 似的，不可抗拒，没商量余地。

关系近的都知道，这位贾爷看起来百事缠身，其实无所事事。打心眼儿里也想像贾委屈那样周游世界，但无奈，有闲而没钱。于是就在字里行间去全国各地日理万机。

"飞云南，机舱门已经关闭，有事两小时后联系。"

"成都。宽窄巷子。手机竟然没电，找我的打 156 那个号。"

"大连的会议中，有事微信私我。"

"不要发邮件了，我在西安，发微信就好。"

没弄明白,在西安就不能发邮件?手机分分钟就能看啊!

我看到有人评论:"刚才还在楼下的小卖部看见你,怎么转眼就在飞机上了?"

死活没看见小贾答复。

贾社会——

该同志跟谁都熟,上至达官显贵,下至各界名流,都是他的朋友。

他发的图片基本都是二人照,铁打的自己、流水的名人。

跟某协会副主席,就说:"主席朋友又来指导工作,醍醐灌顶!"

跟倪萍,就说:"倪姐给我画的荷花,大赞!想看的私我。"

跟刘欢,就说:"刘大哥讲话理不偏,攒商演的赶紧砸单过来!"

跟孟非,就说:"我家孟老爷,给你优惠价!"

……

看起来他既是企业家又是大经纪人,而且高朋满座。

但,其实,你懂的。哪天他连一碗盖饭都吃不上了,这些哥啊姐啊爷啊的,没一个能给他发红包。因为压根儿就不认识他。

唯一佩服的,就是真不知道他用了什么方法、在哪儿遇上那些稀有人群的,而且还微笑着同了框。

我微信里的这几个人,你那儿肯定也有。

贾氏家族的远房亲戚们,千万别主动对号入座,以免内伤。

小心眼儿的男人，
心眼儿能有多小？

题目跟绕口令似的，不过相信大家都懂。

说起来小心眼儿的代表人物应该首推林黛玉，那敏感脆弱的心如同开透了的樱花，随便一碰就碎满地。

比如，园子里派发头花，管这事儿的老妈子按走道儿远近轮流给姑娘们送，恰巧最后一个来到黛玉闺房。按理说这很正常，又不是成心看不起她。但小心眼儿的人可不这么想，她毫不客气地质问：是不是别的姑娘都挑剩下的才拿来给我？

老妈子极力解释。可林姑娘就是不信，而且越想越生气，继而由两枝花的事上升到整个贾府对她的轻蔑和鄙视。

为此，泪没少流。

再比如，一起联欢，没心没肺的史湘云说有个唱戏的特别像黛玉。这下可捅了马蜂窝，林姑娘的小脸子立马撂了下来：我压根儿就是供你们取笑的，而且还拿戏子来取笑！湘云肯定是因为唱戏的姑娘乖巧可爱才不假思索地拿黛玉来比，谁承想林姑娘却听出了另外一层意思。

过后,看宝玉没及时出来调停,便责怪他是这起侮辱事件的总导演,并且抓住了一个细节:宝玉给湘云使了眼色。这说明是所有人串通好了来这么一出,暴露了他们的真实看法,自己在众人眼里就是一个远方乡下的贫民丫头。

如果你是贾宝玉,你也得疯!哪儿跟哪儿啊?又是一通梨花带雨,撕心裂肺。

好在,黛玉是个姑娘,心眼儿再像针鼻儿,三哄两哄也就好了。

如果是一大老爷们儿,那可就完了。姑娘心眼儿小了,跟你哭;爷们儿心眼儿小了,跟你急!

刚工作的时候有个同事,跟谁相处都别别扭扭,没人扒他家房子掘他家地,但他总觉得有人对他怀有恶意。你说一句话,他能想出几层意思来,而且当场翻脸。那速度,你都不好意思比喻成翻书。

尤其是一起玩的时候,谁还正儿八经客客气气呀?不都是开着玩笑嘻嘻哈哈吗?但是有他在,你可得小心点,有包袱别往他身上抖,否则他一张大红脸一团唾沫星子对着你,你会死得很惨。

哥儿几个最怕和他打麻将,如果他是桌上的四分之一,那其余三位可就遭老罪了。你们得全程禁言,因为你随便说句什么,他都认为是你在给同伙儿放暗号;如果你不经意地笑了一声,他会很正式地质问你:你是不是觉得今儿我一定输?

如果你们输了,还值得庆幸;如果他输了,那你们谁都别想回家了!你得在他气越喘越粗、脸越憋越红的状态下,熬到下半宿。你别担心自己会睡着,他手里出牌的声音能把你脑瓜子震碎!

坚持到后来,大家都满怀虔诚积极主动地供他,胡什么打什么,巴不得他赶紧清一色一条龙门清自提溜。要不然他不让你搂枕头睡觉啊。

不过,时间长了,大家都习惯了他的套路,毕竟在这一小撮里他是个孤品,而且人不坏。

真正让你怀疑人生的是两个小心眼儿的男人遇到一起,你能想象那种惨烈的情景吗?

原本在生活中发生这种情况的概率很低,但我的一位同学偏偏见证了奇迹,他所经历的日常,变成了我们聊天时可供消遣的段子。

依照他的经验,一旦把两个小心眼儿的男人放在一起,反倒不急赤白脸了,变得很安静,空气都好像不流动了,成了一坨黏稠的绝缘体。

平时他和两位前辈同在一个屋檐下,三张办公桌靠在一起成品字形,那俩人对面,他一侧居中。

两个中年男人相处,像典型的美苏关系,从骨子里排斥,持续多年冷战。冷到近在咫尺都不会彼此对视,更不会聊哪怕一个字的闲天儿。偶尔会有这样的现象：甲和我同学聊几句他早上买的油饼比昨天泡的方便面好吃；没两分钟，乙就跟我同学聊他骑车路上突然蹿出一条小狗差点撞上。一切都显得特别突兀。之后，便又进入了习惯性的沉默。我那可怜的同学低头写稿子，除了钢笔在纸上划出的声音，能感觉到最显著的就是他们仨为生存而发出的喘气声。

那个时候桌上古老的电话是救命的宝贝，每响一下都是一次解脱，因为别管谁接，都会有人话发出来。我同学真怕时间久了会失掉基本的语言功能。

那两个人不说话，把主要精力都放在了观察以及分析判断上。他们在对方不在场的时候会跟我同学分析：

刚才他那么用力拔笔帽，是不是下定决心要调走了？

他今天看报纸怎么不戴眼镜了？成心气我吧？

他联系工商局要去采访，我上礼拜刚去过，他什么意思？

社长要去北京出差，听说他也想跟着，太可笑了吧？

……

我同学成了垃圾桶，他们每时每刻生产的负情绪都往他那里扔。

在这样的环境下，真的会折寿。时间变得特别慢，像泡了一盆豆芽，每一秒都膨胀起来，让人无法顺畅地呼吸。他俩就那么耗着，谁也没逼走谁，经年累月下来仿佛早已习惯了那样的状态。终于，我同学写了辞职报告。

其实话说回来，小心眼儿的男人并不可怕，他们只是敏感多疑，你就当一出人间喜剧看看就可以了。可怕的是他们中的某些人在演职场剧的过程中升级为2.0版，由小心眼儿变成了小人。

而且，按照一般规律，这样演化而来的小人往往有着粗犷而豁达的模样。因此，你觉得对方一定比张飞还豪爽，可也许你稀松平常的一句话，他就会觉得你从某个角度已经侵犯了他，毫不夸张地说，他能记一辈子！

没有一点点防备，也没有一丝顾虑，为你挖下的陷阱就这样预备好了。而且还让你不知不觉，因为有着肱二头肌的他不会像林黛玉那样当着面使小性子的，他会抽完烟躺进被窝里下定决心置你于死地！

如果你看到了他此时一脸黑暗的表情，你会冒出一身冷汗的。可惜的是，缺心眼儿的你一直没有察觉，还傻呵呵地乐，傻呵呵地说，又让他多了几个忌恨你的理由。

于是，表面上你们一如既往，如沐春风，还可以一起抽烟一起聊天下大事。但转身掐灭烟蒂的那一瞬间，从他心头掠过的一股寒风，你绝对察觉不到。

等到终于有一天，你被各种软刀子割得鲜血淋漓的时候，他才开了啤酒独自畅饮：这就是你小子为当初的那句话活该付出的代价！

只需早起，
就能找到故乡吗？

有部纪录片的宣传语是"只需早起，你就能找到故乡"，每一集的结尾都出现这句话。我很少二刷纪录片，它是为数不多的一部：《早餐中国》。

它的好不一而足。每集都短到只有五六分钟，捕捉一家平常得不能再平常却火热得不能再火热的街边早餐店。因其短，就显得特别金贵，每集才看上瘾，就出现了那文案金句。你的馋虫刚刚被勾上来，它就撤火，一副很绝情的样子。就像当年一本磨成毛边的《查泰莱夫人的情人》，传阅到我们宿舍的时候，每人只能过手一堂课的时间。

另外，这部纪录片的表现方法也好，很年轻，一点不假模假式，从没有要拉开架势跟你理论什么，不乱拽"谷氨酸钠""反射弧"之类的怪词。有时你会自以为拿手机就能拍出那些东西，但真让你弄，还做不出这么高明来。

它的叙述角度也好，不是居高临下的上帝视角，说一件简单的事必得横跨天南地北地取证；而是吃货的视角，把每家铁杆儿店的铁杆儿小吃看得透透的，盯得死死的，这便解开了每一碟、每一碗煮沸乡愁的密码。

其实片子里还隐藏着每一个极具地方特色小吃的视角：它的名字是怎么来的，主人是怎样精心炮制的，客人是怎么热切盼望的。有的店老板这件事做了一二十年，有的顾客便不忘吃心追随了一二十年。每当街坊四邻操着方音、流着大汗、赞不绝口的时候，我猜想那些吃食也是心满意足的。

还有，每集都有一个聪明的结尾：每个小店老板打开手机，播放自己的单曲循环。那一首首不同情绪的老歌，对应一个个不同性格的人物，把短短几分钟内没有说完的话，没有讲完的故事都放在那里面。让初次谋面的看客，不仅仅陷落于美食，还额外地往情感的平静湖面，小心翼翼地丢下一粒石子，泛起几许涟漪。我所能想到的词是，回甘。

说了这些个好的，有坏的吗？

有。

每次看完，都让我忿忿然意难平也——只需早起，就能找到故乡吗？谬矣。我住的地方，别说早起了，就是瞪眼熬一夜，也找不到什么好的吃食，更别提故乡了。

这么多年来来回回搬家，真没遇见过什么好的早点摊子，邻居们必去追捧的就更谈不上了。别说片子里拍到的那些从没听说过的盆盆罐罐，就是最基本的油条豆浆都做得潦潦草草，一副凑合收点散碎银两的样子。

是我住的地方都太拿不出手吗？似乎也没太大关系，镜头里那些让人们痴迷的小铺子不就在平平常常的街角吗？

然而，我真没有看见过。曾经在小区门口有个煎饼摊子，从地铁口出来排队的也不少，但其味道简直可疑。中间夹的那层脆片，颜色一看就是地沟油炸出来的，写满了猥琐，嚼起来粘牙，绝对一言难尽。有一次我特意嘱咐掌勺的大姐，不要放脆片。她反过来狐疑地看着我，仿佛我脑门上贴着不正常的标签。不过也许她是对的，那卷精神萎靡的空馃子，吃起来没一点灵魂。

离她不远还有个炸油条的摊子，老两口经营。肥厚的油条刚出锅的时候咬下去味道还行，配上齁咸的豆腐脑，勉强算一顿不错的早餐。老头儿挺慈祥，老太太挺爽朗，就是不那么勤谨。加上来捧场的人没什么道德高尚的，吃完一抹嘴，小桌上备着的劣质卫生卷纸，就被他们随意扔在了地上。是因为纸的质量不好就受轻慢吗？不知道。反正经常是鸡蛋皮和废纸团泛滥到一桌子一地，每次去吃你都得像下河一样，蹚着走。

老头儿笑眯眯地视而不见，也不及时打扫，估计他觉得这样更接地气吧。可城管并不那么"慈祥"，没多少日子，小脏摊和假脆片就彻底被清走了。清晨唯有的那点烟火气，连个招呼都不打，就烟消云散了。

所以,《早餐中国》的那个金句,我是无论如何也体会不到的。每天从冰箱匆匆拿出来的面包、酸奶,怎么也吃不出故乡的味道。

请回答，
我们和韩剧还差几条街？

韩国电影《寄生虫》得了奥斯卡，不知道国内的电影人内心是何种滋味。尽管一座小金人不能完全代表什么，但从一个侧面反映出韩国电影行业整体的制作水准。

这些年，他们大银幕上的影片一骑绝尘，小屏幕里的电视剧也风生水起。

孩儿她妈曾经给我推荐《请回答1988》，偶然点开，就无法停下来。它不紧不慢地讲街坊邻里的故事，没有惊天动地，没有跌宕起伏，但就在细水长流中，你会傻傻地跟着开怀大笑，跟着兀自泪奔。

上网查了一下同胞们的评价，竟然有规模庞大的"88迷"。看了都说好。而且没有年龄层的阻隔，我们团队一个90后小伙儿跟我说："看了十几集，剩下的还在手机里，舍不得看完。"

不是矫情，是心里话。

在这部剧里，没有白血病和失忆，没有畸恋和凶杀，甚至没有一个特别大牌的明星。有的，只是浓厚得化不开的真情实感。镜头里的所有人，都那么朴素，那么生活化，让整部剧真切、平凡又励志。

有时，你会仿佛置身在那个平常得不能再平常的街巷，听到熟悉得不能再熟悉的话语。

尽管，那是1988年的光景。

有人评价，一部好剧要具备：揭示时代背景、引起情感共鸣、构建紧凑剧情，这部剧都有。

反观一些我们的剧，无论是哪个年代哪个类型，怎么都难以聚焦我们的视线，更别指望被其感动了——

谍战剧，正面形象都极聪明，超出人类的智商。情节设置漏洞百出，一个虚假得用无数个虚假来弥补。

行业剧，草草地穿了件行业的外衣，上面还时常被人发现有错误的补丁。敝衣里裹着的，无论哪个行业，依旧是不变的男欢女爱。

言情剧，不知从哪里冒出那么多的霸道总裁，年纪轻轻就身价过亿，周围自然是蜂蝶乱飞，燕舞莺歌。可能是咱们身处的阶层不行，身边怎么就从没出现过这样有权有钱又有貌的二字头小哥呢？所以，他的狗血故事，信起来，难。

悬疑剧，无论哪部，总有个不明就里的二货，冒冒失失跌跌撞撞，问一些弱智的问题，办一些无脑的事情。然后，那个真正办案的一哥，在其面前表演教科书般的智慧，抽丝剥茧迅速抓到坏人。

玄幻剧，能造出"四海八荒"这个词已经是难能可贵了，更多的情形是，在各种五毛钱特技下，穿着奇装异服的人，用现在的网络热词嬉笑怒骂。

家庭剧，大多数时候你会觉得，他们把故事场景搬到了超市，各个品牌的食用油、各个款式的洗衣粉、各个功效的保健品成了主角，大特写没完没了。戏里的人提到它们的时候，台词显然是用心设计的，那一刻你会立马想到那些苦逼的编剧，真不容易！

再看看剧里那些人物的奇特表现——

年代戏里，男主竟然修着现在时尚的鬓角；

女地下党，在牢房里受刑，竟然还忽闪着大睫毛；

穿梭在芦苇荡里的女游击队员，齐眉刘海竟然一丝不乱；

卧病在床的女一号，在众人的探视中竟然粉面桃花；

全副武装的演兵场上，汗流浃背的小男兵竟然画着重重的眼线……

不难看出，这些演员都太爱自己，导演都太爱演员了。如此拍出的剧，自然让我们太难说爱。

你也许会说，不能以偏概全，不能以一部《请回答1988》就说他们都好；也不能以几部烂剧就说我们都不好。

没错。《父母爱情》什么时候重播我什么时候都看。

但这里面有个分子和分母的关系，有个整体质量的问题。分析过后，尽管难过，尽管我也不乐意，但也请回答：我们和韩剧之间到底还差几条街？

现在的歌，
怎么越来越不好听了？

曾经在湖南卫视的春晚上，主持人一反常态地说："有人来炸场子！"

好家伙，谁这么硬核？拿什么武器？

出乎这个频道日活用户的意料，王者并不是用嗲嗲的叠音字来称呼的流量小生，而是出道时这些小可爱还没出生的歌坛老炮：毛阿敏，田震。

她们一张嘴就有了！那声音，那旋律，那傲视群雄的霸气。

她俩轮流唱了各自的春晚金曲后，又合作了第三方的经典之作。真好听。

我的注意力竟然从手中的闲书里被牢牢俘获在屏幕上，目不转睛，灵魂激荡，是因为我和歌者是同龄人的缘故？还是因为每一首金曲的诞生我都经历过？我相信一定有这些因素，但好像绝不仅仅是这些因素。

主持人用炸裂来形容，我猜除了对前辈的尊重外，那就是他们也同意我的观感,那些歌太好听了。

要知道,在那个场子里,大多数都是叱咤风云的流量咖啊!别说唱歌了,就算咳嗽一声,观众席都会激起一阵浪潮。但,粉丝的热闹,掩盖不住一个令人绝望的事实:现在的歌,越来越不好听了。不承认不行。

这让我想起了曾陪闺女去看的一场演唱会。偶像是优质偶像,用粉丝的话说,他已经很努力了!没错,舞跳得很棒,整场造型和服装都堪称精细,每一曲下来,小伙子都满头大汗。小粉丝们心疼得杜鹃啼血般尖叫,偌大的体育馆都被震得气喘吁吁。

估计我是全场为数不多的年过半百的人,也是为数不多的过于冷静的人。枯坐了将近两小时,真实的观感是:他确实很努力,但很遗憾,那些歌很难说好听。

也许粉丝们不服,分明有几首也是万人大合唱啊!可如果你在现场就会明白,就连偶像去换装,垫场 VCR 里出现他的特写镜头,都能掀起一阵莫名的高潮。

所以,在那个特殊场景,评判标准是混乱的。

那么,好听的歌到底为什么这么难出现呢?就拿过去的 2019 年来说,你记住了哪首歌?哪个旋律打动了你?哪个前奏一起你就可以跟着唱?

思来想去,可能你跟我一样,能回答的只有一首:《我和我的祖国》。那也是很久以前的作品了。

浩如烟海的新歌呢？实在抱歉，没有一首能让我记住的。有的能讨一时之欢，有的便随风而过。

或许是我老了，对新作品不再敏锐；或许是我刷的量不够，把好东西遗漏了；又或许是好听的标准变了，我已经找不到那条红线……

但我相信，无论如何，好歌的问世一定是有真理的。

它得能往人心窝子里扎。

知乎上有一个答案思路清奇，她说现在的歌比起十年前的作品来，缺的是"信达雅"！

"信达雅"原本是对国外译文的创作要求：准确、入心、优美，用在写歌上还真的是第一次听说。

符合这一标准的，她举的例子是"天青色等烟雨，而我在等你；炊烟袅袅升起，隔江千万里；在瓶底书汉隶仿前朝的飘逸，就当我为遇见你伏笔……"，别说有旋律加持了，这么念着都美。

反面的例子是"清风徐来，水波不兴；顺流而上，海阔天空；人面桃花，倾国倾城；与我谈笑风生……"你看，每个词都不错，但堆起来真不知道在唱些什么。

你能被这样的歌打动吗？估计难。

这让我想起早些时候蒋大为老师在节目里讲过的一个故事——

在二十世纪七十年代，词作家邬大为到北国边疆采风。

那里零下 40 摄氏度的严寒让人望而却步，但战士们却没有丝毫的畏惧，在雪地里一站就是半天。尽管脸上的霜雪让每个人看起来都像白胡子老爷爷，但一个个笑容里洋溢的却是春天的气息。

他问一个小战士，最冷最苦的时候都在想些什么？

战士说，看到这漫天的雪花，我想起了家乡的桃花。这个时节，正是故乡桃花盛开的时候。

相隔遥远的两地，是不同温度的花朵。

小伙子眼里闪过的光，触动了邬大为，他觉得如果能准确地捕捉到这种情感，一定会写出打动人心的作品。

这粒种子，一埋就是十年。

时间来到 1980 年。他和同事到辽宁丹东部队采风，彼时恰逢桃花朵朵开。在满目春色的桃林，那粒沉睡的种子瞬间被激活，让他们一气呵成写下那首经典作品《在那桃花盛开的地方》。

雪花，桃花；故乡，边疆。每一句话都那么朴实，那么深情。

好的歌词同样也能激发曲作者的创作热情。铁源老师用流行歌曲的方法写了第一版旋律，尽管符合当时的乐坛时尚，但他总觉得少点战士的独特韵味。于是他也下部队和兵哥哥零距离生活，让旋律增加阳刚色彩，并且在此基础上又加入了辽东曲调的元素，几经打磨才定下稿来。

最终，穿着白色西装戴着金丝眼镜的蒋大为老师，在春晚舞台上一开金嗓，这首歌瞬间红遍神州大地。

今天听，依然那么好听。

好听，真是有道理的。

只要你留意，
处处都有快乐

出差去青岛。

北京南站，大家在群里约定到"开封菜"吃早点，之后一起检票出发。

原本觉得"开封菜"这个肯德基的别称应该人人皆知，但不尽然。

听我们说得那么熟练那么亲切，大个子以为是河南的一家老字号。没好意思张口问，断定是特产胡辣汤之类的馆子。

眼看着我们咖啡喝完了，辣翅堡也快干掉了，大个子还没到。有人在群里催促。

他回复：马上了，马上了！

彼时，大个子已经在偌大的候车厅转了三圈，在早上摩肩接踵的人流中，怎么也看不到一块"开封菜"的招牌。

不耻下问吧。他俯下高大的身躯，找到一个五十开外的老保安，用他那特有的北京大嗓门儿，问："您知道有家新开的叫开封菜的饭馆吗?"

——转了那么半天都找不到,他判断一定是家在角落里新开张的小馆子。

保安大叔转了三圈眼珠子:"开封的菜,俺可没听说过。"

老的不知道,还是问个年轻的吧。

他旋即来到一位保安小哥面前:"兄弟,你知道这车站里面有家叫开封菜的馆子吗?"

大个子的音量又提高了十几分贝,引来几位拉杆箱姑娘的侧目。

谁知保安小哥也一脸茫然:"哎呀妈呀,大哥,我刚来一个月,你可问对人了,不知道啊!"

大个子真有点急了,在群里喊话:"你们定的什么破饭馆啊?连保安都不知道在哪儿!"

"你没看见开封菜的缩写KFC?"

"没有啊!"

有人赶紧打电话,去茫茫人海里捞他。

结果,众里寻他千百度,大个子就在肯德基门口十米处……

单位新开了小花圃,供员工们赏花、休息。

午饭后,大脑极度缺氧,昏昏欲睡。

偶遇两位同事,问我桌上那盆开着密密丛丛小红花的植物叫什么。脑子开了一条缝,依稀记得这小东西生命力特别顽强。

于是，我脱口而出："老不死！"

语气特别坚定，毋庸置疑的样子。

"哦？"

同事用狐疑的眼光看着我，我也感觉到好像哪里不对。

大概半小时之后，回到机房，意识里才蹦出了一个温和而恰当的名字：长寿花。

一次节目策划会，讨论非遗选题下的具体内容。该想的，仿佛都已经想干净了。

一阵沉寂。

突然，一帅哥编导一脸真诚地说："瘫戏！我觉得瘫戏挺不错的。"

众人不解。

"是在河滩上唱戏？"

"不是。"

"是蜷缩双腿，像瘫痪了一样唱戏？"

"哎呀，不是！"

帅导还有点急了。

"人们都戴着面具，敲着锣鼓点……"

没等他说完，我们恍然大悟："哥们儿，那叫傩（nuó）戏！"

一阵撕心裂肺的狂笑。

……

从此之后,我们都叫他"瘫哥"了。

一次在汉堡王排队点餐,我前面是母女俩。忽然,那个四五岁模样的小姑娘问她妈妈:"约,是什么意思?"

不知道她看见什么还是想起什么了。

……

她妈明显有点措手不及。好半天,像面临考试一般,妈妈给出了答案:"约,就是好玩、有意思的意思。"

那声音很低,估计怕别人听见。但,求知若渴的我,还是听见了。

静默了一会儿,小姑娘又接着问:"那妈妈约吗?"

……

"妈妈……约啊!"

我好像从背面都看到了她脸上的道道黑线。

1991年,那是一个夏天。

我们团队的一个编导,那时还是一个听话的好孩子。他学习好,又乖巧,老师特别喜欢他。

小学校新做的校服发下来了。为了让大家看看效果如何,老师特意把他叫到讲台上,试穿一下。

先换上衣。露出白花花的胸脯,他脸上发烫了。

"这大小伙子,光个膀子还害羞?"老师跟他打趣。

有几个同学在座位上发出不怀好意的笑声。

该换裤子了,他张了张嘴,但欲言又止。

老师看出了他的心思:"没关系的,都是自己的同学,去游泳池不是比现在穿得更少吗?"

他还是忸怩了一阵。

"抓紧时间,一会儿还要上音乐课呢。"

说罢,老师麻利地脱下了他的裤子。

这一下,仿佛有颗炸弹引爆了那间不大的教室。屋顶差点被四十多个孩子狂乱的笑声掀翻。

因为天热的缘故,他那天上学,自作主张没!穿!内!裤!

那门不知所措的小蔫炮,赫然出现在全班同学面前。

这回,他的脸煞白;女老师的脸,变成了茄子色。

著名的某主任以前有个很雅致的外号:天安门。这是我们组的人给他起的。他人很可爱,就是性子慢,慢得出奇,干什么事都不慌不忙。尤其是开会,你甭指望他能准时出场。

如果你给他打电话,问他到哪了?

"天安门。马上了!"

——差不多每次都在天安门。因为天安门位于我们办公室和他家的中间位置,一般不堵车的情况下,有个二十分钟就到了。

如果你认为一会儿就能见到他,那就太傻太天真了,也许他还在被窝里躺着,告诉你到天安门,只是为安稳军心罢了。

有一次组里的会开得有点晚,眼看过了晚饭的点儿。他正在写字板前讲节目文案,忽然,电话响了。

"到哪儿了?怎么还不回来?"

——他老婆在问话。

"天安门。马上了!"

没等他挂电话,我们就肆无忌惮地笑起来。原来这个借口不分男女、不分内外,广泛使用。我们的心理顿时平衡了。

从此,这成了千年老哏,有时打电话我们都不等他张口就直接问他:"到天安门了吧?"

当然,这是内部包袱,外人并不知道。

有次在外地开会,他忽然要上厕所,半天没进来。当地的领导看关键人物没到,也不好开始。憋了半天才问:"主任呢?"

我下意识地脱口而出:"在天安门呢。"

"啊?那会儿我还看见他在现场呢,怎么眨眼的工夫就飞回北京了?很多事要沟通啊!"

——领导还当真了。

几年前,我们节目有个口号:打开惊喜,这箱有礼!

场外连线的观众,如果顺利说出这个口号,那么舞台上的大箱子一打开,里面甭管藏着什么东西就都属于你了。场内的观众也是。有手气好的,当场就能拿走一台大冰箱。

一到这个环节,观众们都很激动。

那天,有一年龄跟我相仿的大叔幸运地被抽到号,踉踉跄跄地上了台。看得出来有多高兴。

"请说出我们栏目的口号。"主持人张蕾把话筒递到他面前。

他张嘴就来,一点磕巴都不打:"打开有礼,这箱惊喜!"

把四个词重新排列组合了一下,还挺顺溜。

场下笑声四起。

大叔摸摸后脑勺:"不对吗?"

张蕾温柔地点点头:"您再好好想想。"

"打开……有礼,这箱……惊喜!"尽管说得很慢,但还是原样。

张蕾耐心地把正确的组合告诉他,并鼓励他再来一次!

结果,来了三次,大叔都固执地不肯改口。仿佛他脑子里有个锤子,已经把这八个字的顺序死死铆住了。

"您别紧张,慢慢说。"美女主持就是贴心,还在循循善诱。

"打、开、有、礼……"

观众爆笑。

"打、开、有……"

观众狂笑。

"打……有……"

观众们笑疯了。

[四]

欢声笑语间流转的回旋曲·暖时光

小时候的一天
过得很慢
玉米一粒一粒嚼 舍不得吃完

小时候的一天
过得很快
铁环滚着滚着 月亮就爬上了天

小时候的一天
过得不快不慢
没人渴望变老 没人迷恋美颜

有一种夏天，
叫小时候的夏天

现在的夏天，只有红蓝两个颜色：外面没完没了的热和室内没着没落的冷，大多数人仿佛只有这两种单调的模式可以切换。

毛孔在我们的皮肤上瞬间张开、瞬间闭合，毫无想象力可言。夏天，不知不觉中变成了最无趣的季节。

小时候可不是这样的。那时候的夏天是很多人最盼望的时节，从头到尾都是五彩斑斓的。

比如，它是鲜红色的——

人人都有不止一条鲜艳的红领巾。脖子上用的，一定要留好；剩下的备胎，还有妙用。

每天下午放学，我们便雀跃着，从教室里飞出来，直奔山上的"二道沟"。

小时候生活的地方是座不大的山城，在我们生活区的后面，就是山。它不高，但绵延着，起起伏伏，成为每个日子里我们随时可以看见的踏实敦厚的背景。

山脚下有条小河,叫"一道沟",很浅,蹚过去只没到膝盖。所以,只够涮涮脚,游泳是不行的。

"二道沟"在山腰上,它满足了少年们所有对水的要求:跳进沟渠里,脑袋刚好露在水面上,出不了大危险;沟渠依照山的走势,弯弯曲曲,有着完美的弧线,这是四四方方的游泳池无法比的;经过大半天阳光的暴晒,水温温的,特别亲肤;还有,它是活水,质地上有说不出的清澈,而且顺流逆流在其中,感觉完全不同。想想那时的水资源还真是充足,山腰上都有河道,现在再找这样的景致恐怕很难了。

飞奔到"二道沟",小伙伴们不由分说,立刻扒光了自己,然后从书包里抽出备胎红领巾,熟练地缠在下身。小小的一块布,遮住了稚嫩的小羞涩。

其实,钻进水里,红领巾就形同虚设了,根本起不到什么作用。有个别的孩子,因为疙瘩没系紧,游着游着,那块红布就告别了身体,顺流而下了。

我是天生的旱鸭子,见水就怕,从不敢游"二道沟"。他们叫我去的主要目的是当服装管理员——帮他们看衣服。因为有一次邻班的同学使坏,趁他们不注意,把脱下来的背心裤衩全都藏在了柏树丛里。害得一伙人屁股沟里夹着湿漉漉的红领巾,狼狈不堪地闪回家里遭到老爸们的痛扁。

看衣服的时光并不无聊,我其实有备而来:书包里藏了一个带盖的瓶子。在他们咋咋呼呼秀狗刨的时候,我在草丛里逮蚂蚱。蚂蚱们一蹦一跳,我也一蹦一跳,反正它们的腿再长也没我的长。所以,很多肥壮的大蚂蚱都没逃过我手掌扣下去的"大焖锅"。那一刻,手心能体会到有两条强有力的腿在挣扎,那种志得意满的成就感就叫征服吧?

它们一个个地被我塞进了塑料瓶里。拿回家继续玩吗?傻子才玩蚂蚱呢,这是六只母鸡的美食。每次一走进自家院子,鸡就咯咯咯叫着,狂野地跑过来,知道该暴吃一顿了。

我拧开瓶盖,傻乎乎的蚂蚱以为重获新生了,深吸一口气,继续一蹦一跳。群鸡也聪明地一蹦一跳,脸都激动得跟着红了起来,吃活食的快乐是拿金子都换不来的。

为报答我的恩情,它们努力地下蛋,把蚂蚱的营养都奋力浸透到蛋液里。腌好后再吃,肥得流油,那都是我和蚂蚱的功劳啊!

总之,在小伙伴们缠着湿漉漉的红领巾上岸后,我的大瓶子已经装满了秘密。

那时的夏天,还是粉红色的——

这个粉红色别想多了,绝不是歌词里的"压心底/压心底/不能告诉你"的小浪漫,而是绿皮花纹的大西瓜!

那时吃的西瓜,甜,有西瓜味儿。

为了追求口感,每家都有绝招儿,买回来有放菜窖的,有放在水管子底下冲的,有放在大水缸里的。目的只有一个,降温。

你傻啊?用冰箱不就得了!你才傻呢,那年代哪来的冰箱?听都没听说过。再说了,扔冰箱里是痛快,一会儿就凉透了。但,吃起来激牙,咽下去伤胃,那种凉特别硬。

而用原始方法降温的西瓜,是体贴性的凉,吃着没有任何不舒服,连坐月子的都可以放心享用。那种温度,让甜发挥到极致,在每一个味蕾上不由分说地肆意爆炸,最后只剩下回味来收拾残局。

同样的方法,老爸还用硕大的脸盆泡着西红柿和黄瓜。只要你想了,拿起来就吃,咬一口,绝对爆浆。

我姐仿佛天生是要让着我,她从来不吃这两样东西,闻不了这味儿,说吃了头疼。所以,脸盆里的活色生香,就由着我来尽情挥霍了。

但,她有个癖好,喜欢掰西红柿。吃之前,必须经过她这道手。一掰两半之后,她喜欢看里面红色的汁液和黄色的籽儿,能盯着看半天。如果碰到是沙瓤,那些密密麻麻晶莹剔透的小颗粒,能让她立刻发出一声尖叫,像她现在的闺女——我那外甥女——看见了陈伟霆一般。

然后,她心满意足地看着你吃,仿佛那一口一口都咽到了她的肚子里。

尽管那时的条件也不是天天都那么奢靡,但起码黄瓜是黄瓜味儿，西红柿是西红柿味儿，不像现在，都是大棚的塑料味儿。

小时候的夏天，还是淡蓝色的——
那是清晨五点钟天空的颜色。
老爸是不允许我们睡懒觉的，五点必须起床，跑步！
沿着路边，一直要跑到山里面去。
老妈不听他这一套：跑步没用，甩手！
刚喝了一茬红茶菌的人又在极力推广甩手疗法，据说能治百病。不知道左邻右舍信不信，反正我妈是信了，一边唱着《妹妹找哥泪花流》，一边前后甩着双手，挺惬意、挺小资的。

你知道为什么现在养生节目能长盛不衰吧？其实长寿秘诀搁哪个朝代都管用。甭论能起多大作用，反正我们一家四口不能被健身潮流落下，奔着自己喜欢的方式各自出击。

清晨，一切都是新鲜的。天空睡足了一宿后睁开眼睛，清澈、透明。叶片上的露水将滴未滴能映出半个世界的样子。各种小鸟互相聊天的声音嘎嘣脆，连路边的尘土扬起来都是一股子年轻的力量。

印象最深的是快到山脚处，有一棵花椒树，离它十几米的地方就能隐隐约约地闻到那种扑鼻而来的香味儿，在塞北大白杨一统天下的格局中，它极为独特，有四两拨千斤的力道和傲视群雄的姿态。

为了它,我也要坚持跑步,每天都在经历隐约闻到、渐入佳境、浓香四溢、舍不得离开的全过程。以至于现在,我都特别想栽一棵花椒树,找回那种刻骨铭心的嗅觉体验。

如果我开香水铺子,一定找人研发一款花椒香型的产品,相信我,绝对惊艳!

不多说了,免得泄露专利。

转移话题。小时候的夏天,还是银色的——

那流水般的银色是月亮给的。

晚饭后,坐在小板凳上,可以看到像个老爷爷笑脸的月亮,从屋脊爬到树梢,再爬到黑幕般的夜空中。

那沉静的光亮带给人清凉的感觉,再加上手里的大蒲扇,谈笑间就把闷热赶跑了。

月亮瘦弱的时候,星星们便起劲儿地忽闪自己,相互间像传递着某种暗号。

大人们聊着闲篇儿,我就可以侦查它们,试图破解某个惊天秘密。

一侦查就好长时间,脖子都有点酸,我怀疑现在的颈椎病就是那时候落下的病根。

那时候多奢侈啊!随便哪个夜晚都可以看星星。现在呢?能偶尔用肉眼捕捉到几颗就算不错了。

那时的蚊子好像也没这么多,而且个儿大,笨,瞎嗡嗡,发现落在身上能一巴掌打死。现在的蚊子可不得了，个儿小，带花纹，飞得贼快，也没什么动静，等你发现痒了，它早已经叮完颠儿了。

所以，也没谁有兴致坐下来喂蚊子了。

星星？爱谁谁吧。

我曾经问闺女，哪些是北斗七星？哪个是猎户座？这俩是最好认的，一个像长把的勺子，一个像四方盒子装着三颗小豆子。很小的时候妈妈就指着夜空告诉过我。

闺女连看都没看头顶上那片灰蒙蒙的天，冷冷地说，我就知道咱俩是水瓶座。

得，把天儿聊死了。

还是回到从前吧。试想，闻着花椒树的浓香跑步，裹着鲜红的红领巾游泳，逮着活蹦乱跳的蚂蚱喂鸡，啃着甜蜜的西瓜解渴，摇着带风的蒲扇看星星……

那才叫夏天啊！

用现在孩子们的条件，
过我们小时候的日子，那才完美！

现在的孩子，何止是活在蜜罐里，那简直是统统泡在比蔗糖甜60万倍的卡坦精水里。如果拉扯我长大的奶奶还活着的话，她肯定会惊得连一颗牙都不剩了。

要天有天，要地有地。

但大多数孩子并不快乐。我曾经在下班的地铁上看见一个席地而坐的小姑娘，隆隆的噪音里她把书本摊开在盘起的双腿上，旁若无人地写着作业。快到站的时候，她飞速将那些比命还要紧的东西收进书包，连屁股上的尘土都没顾上拍打，便挤出车厢。

之后，那个疲惫的身影闪电般消失在站台。

看了真让人心酸。

她不是在作秀，我确信。因为我的女儿每天也是这样的状态，回到家除了晚饭可以暂时远离一下书本，其余时间都埋头在书桌前。

起得比我早,睡得还比我晚。所以,网上有个段子说:爸妈你们也太矫情了吧?马云提出个996你们就翻车,如果按照我们的时间表,你们是不是要进ICU了?

看来,泡在极甜的水里也没用,某些时候内心是极苦的。

那如果集体回到我们的学生时代呢?

那时候,作业很单纯:数学解完题就行,不像现在还要写长篇大论的报告;语文读读课文,回答一下后面的几个问题就行,不像现在还要写与之相关的各种读后感;英语背背单词就行,不像现在还要看大量的定价高、印刷质量差的国外原文书籍;写完作业放进书包就完事大吉了,不像现在还要做各种名目的手抄报、PPT……

那时候,还能跟爸妈一起追剧呢,《霍元甲》《陈真》,一集没落过。

但,似乎也不行。有时间看剧是不错,但电视是九英寸黑白的,天线转不明白的话,满屏都是雪花。渴了只有白开水,可乐、橙汁、酸奶听都没听说过。如果奢侈一点的话,取暖的炉盘上有烤馒头片、窝头片当零食,那得心花怒放。

直到现在我还保存着一个传家宝:绿花纹的搪瓷小碗儿,那是我出生后妈妈特意买来给我专用的。在这个碗里,盛过最好的食物是鸡蛋羹,大多数时候是白菜土豆。白花花的大米仿佛白花花的银子一般金贵,粗粝的高粱米倒是常客,那玩意儿咽下去时需要勇气,嗓子眼儿生疼。

不行不行,我们那时的童年、少年,生活太苦了。

只有一种完美的设计,那就是:用现在孩子们的条件,过我们小时候的日子。

现在就来愉快地想象一下!

从小我就特别爱看书,但家里没有那么多闲钱去买。好在妈妈所在的学校有个图书室,可以借阅。那间矮矮的小平房在我心目中非常伟岸,直到现在我都记得它的模样。古老的木架和印满铅字的纸张,散发出一种独特的味道,于我而言,是一种触碰幸福的密码。

管借书的老师是个有点哮喘的老太太,因为她和书的特殊关系,每次听她说话都觉得那稍微漏气的声音很好听。

从她手里,我借出了很多小人书。回到家,端着它们比端我的小花碗还开心。

记忆当中真正属于我的第一本书是爸爸为奖励我毛笔字写得好,在新华书店花五分钱买的一本低价处理的小人书《智取威虎山》,厚厚的,很有分量。那段时间,我恨不得钻被窝也搂着它睡觉。

假如,有现在的条件,喜欢什么书立马下单,统统到我桌上来!谁家买书还带犹豫的?少去一趟海底捞,起码多买十几本书。

我仿佛看到了那个穿着蓝色粗布衣服的男孩无比满足的样子。

上初中之后，流行歌曲开始出现了。但，收音机里很少能听得到，偶尔在《每周一歌》里会播放李谷一的《绒花》。俩喇叭乃至四喇叭的录音机，那是属于街头青年的，他们穿着能扫地的喇叭裤，手里懒懒地提着开到最大音量的录音机，让我深刻体会到"招摇过市"这四个字的生动含义。

在家里写作业的时候，竖起耳朵，能听到"喇叭青年"由远而近，"你到我身边，带着微笑，带来了我的烦恼……"那歌声，跟"小小竹排江中游"完全不同，简直太好听。

特别让人高兴的是，我的一个同学，他哥哥有一部砖头式录音机。别看个头小，但照样能出声。每天中午一吃完饭，我便步履轻快地到他家，忍着他哥的白眼，跟他一起去抱"砖头"。我记得一首朱明瑛的《童年》，翻来覆去地听，每一句都刻在心里。

如果把现在的一部手机送给那时的我，在一个音乐播放软件上就能听到海量的歌曲，我会高兴成什么样？

可惜，时代限制了想象力。八十年代的少年怎能相信会有这样的神器？

能够做的，只有厚着脸皮跟妈妈说要学外语，需要一台录音机，哪怕国产的质量最差的都行。

知子莫若母。其实，妈妈早就看穿了我的心思，坚持从牙缝里挤出一大笔开销，半年后从上海买回来一台"美多"牌单卡录音机。初次谋面的心情实在无法形容，按下 PLAY 键，看着磁带间那两个转动的小轮子，觉得它是世界上最美好的物件。

一直到上大学，这部好看的小机器都在一路陪伴着我。从它单薄的小喇叭里，我爱上了张明敏、张蔷、齐秦、姜育恒、童安格……现在看来，它其实很简陋，不是立体声，平时能听的磁带也都是翻录过好多遍的，根本谈不上什么音质。如果从现在穿越回去，来一套高保真音响，存一柜子CD碟片，那么，我的那位同学以及他哥将会用怎样羡慕嫉妒恨的眼光看我？

还有，在扇烟纸盒、玩玻璃弹珠的小伙伴中，我突然打起了"王者荣耀"，他们的嘴会张到多大，有多惊讶？

在滚铁环的队伍里，我瞬间蹬起了滑板车，他们会惊掉大牙吗？

当一堆人挤在一起，只能看黑白影像的《加里森敢死队》的时候，我悠然拿出平板电脑，想看什么就看什么，男女老少惊叹的声音会如波涛汹涌吗？

……

如此穿越一下，那该是多么完美的生活！

苦中作乐，
也是一种智慧

如果让你现在回到二十世纪七十年代，你肯定觉得苦。物质的匮乏，能榨干你所有欲望。

尽管那个时候的人们没有买房的极度焦虑，没有高昂的恋爱成本，但也没喝过咖啡，不能天天吃饺子。甚至，连攀比的心思都没有，因为无论是谁，大家的生活条件都差不多。厂长并不比工人多出多少粮票，老师并不比校长少多少布票。

面对那种看不到尽头的苦，有人是李白，有人是杜甫。

无论是史学家还是文学家，都认为是时代造就了李杜二人的诗文风格。李白身处盛世，所以豪迈、洒脱，看见什么都高兴；杜甫生于乱世，所以忧郁、悲凉，遇见什么都憋屈。其实在我看来，造成这种差异的最大因素是性格（此处划重点）。把乐观的李白放在兵荒马乱的年代，他也是乐观的，能把二锅头喝出茅台的风采；把悲观的杜甫放在歌舞升平的岁月，他也是悲观的，住进五星级的广厦也会想象被秋风吹倒的那一天。

话说回来,在七十年代这个大背景下,我爸是李白,我妈是杜甫。

那时,他们的工资加起来绝对不会超过一百块,而且绝没有什么额外收入。这几十元,要养活我和姐姐,还有双方的老人。每个月都紧紧巴巴的,一分钱肯定要掰两半用。

我妈总是习惯性地叹气,眉头很少舒展过;而我爸的口头禅是:"这日子比旧社会强百倍,知足才能常乐!"

有小朋友戴着塑料的玩具小手表,我特羡慕。我爸便拿起圆珠笔,在我手腕上开始创作各种造型的表:有方的,有圆的,有长方的,有椭圆的;表带则有粗有细,有一整条的,也有坦克链的……

边画边讲:"你看咱家大头多阔气,每天都换块手表!今儿是上海牌的,明儿是梅花牌的,后儿是西瓜牌的。"

西瓜牌的!亏他想得出来。

那会儿他看我头长得大,就管我叫大头。其实我不太乐意,但他叫得挺带劲。

我妈是老师,有批改作业的红笔。他如获至宝,全凭它来点睛:这次时针是红色的,下次12是红色的,再下次表带是红色的……

在小朋友面前,我甩着各色人肉手表,傻乎乎挺骄傲的。

直到我都玩腻了,我爸好像还跃跃欲试呢,妄图推出他的新款式。

而我妈呢,在我手腕子都快洗秃噜皮的时候,不自觉地又叹了口气:"唉!别说玩具手表了,连高粱米都没钱买了,这个月可怎么过啊!"

"杜甫"特别是时候地现实主义了一下,而"李白"呢,还盯着我的小细胳膊沉浸在浪漫主义中呢!

有天中午,到家一看,没菜了!只有傻大黑粗的咸菜疙瘩。

我妈眼泪差点掉下来:"这可咋办?现买也来不及啊!"

确实是,那会儿中午的休息时间很短,一个多小时内不仅要做饭、吃饭,还得往返单位、学校。

小米饭本身就很粗粝,再啃上咸菜棒子,那绝对是旧社会了。我也跟着有点不开心。

此时,需要李白出场了。

只见我爸威严地巡视了一下安静的鸡窝,喜出望外地摸出俩鸡蛋来。

"就那俩鸡蛋,也不够咱们四个人吃呀!"杜甫又愁容满面了。

"没事,多放点盐!"接着他又神秘地跟我说:"今儿爸给你们做一道特别稀奇的菜,叫赛螃蟹!"

"哪儿来的螃蟹?"我姐首先质疑。

"嘿,您请好吧!"

只见他把鸡蛋的蛋清和蛋黄分开,并且都加了十分豪放的盐面儿。爆香了姜末之后,分别炒了那两小碗液体,搅碎后盛到了一个盘子里。

"这就是赛螃蟹?"我也表示质疑。

"是啊!你看,那白色的是蟹肉,黄色的是蟹黄。这要是从螃蟹身上剔出这么多东西来,最少也得八只!"他得意地看着我们,"所以,今天中午,咱们每人相当于吃了两只大螃蟹!"

对于出生在山城的我们来说,离大海十万八千里,还从没见过螃蟹长什么样,更别说吃蟹肉了。

我怀着忐忑且新奇的心情,夹了一小筷子。

嚯!齁咸!比咸菜还咸!!

不过也对,不咸也不够四个人吃啊!还别说,就着大口的小米饭,还真有点鱼腥味。

见我一脸无知的样子,我爸边吃边讲:螃蟹是很丑的怪物,有八条腿,横着走路。前面的两个大钳子还能夹人,特疼。别看它丑,但肉香,每只还没多少,所以金贵。

我频频点头。这顿饭,我不仅学到了生物知识,还得到了莫大的心理满足。

多年之后,我吃到了真螃蟹,瞬间想起的,就是我爸分开炒的那两颗蛋。

没有菜的那顿午饭,结局非常圆满,四个人都吃得很饱,且锻炼了美好的想象力。

刷锅的时候,只有我妈在叹气:"唉!下午得喝几大茶缸子水啊!"

我和冯唐比不了，
但我老爸和他老爸有一拼

冯唐，谜一样的人物。

上中学的时候就写了长篇小说《欢喜》，迷倒一批青年女性。而我，中学时写作文都没得过年级第一。比不了。

他写的《不二》，一时间让纸质书重回帝王之位，再次迷倒一大批青年女性。她们不惜跑到香港，在抢购化妆品的同时也抢购了那本蓝黑色封皮的书，并且与它同框，摆起剪刀手。冯老师的微博里每天都是这样的图片，统一附文为：今宵欢乐多。而我，写的书只有自己看。比不了。

他还会写诗，出版过《冯唐诗百首》。新出的诗集叫《不三》，迷倒了我们单位图书馆的女管理员。她说，我看不懂，但怎么看怎么觉得好！在她的极力推荐下，我遇见了这辈子看到的最奇特的书：三句话一页，特别任性。那些大面积的留白估计是为看得懂的人预备写感想的地方。出版社将其定义为：短歌集。多洋气！而我，大学时写的诗被作家班的人嘲笑，一首都没发表过。比不了。

更过分的是，他不仅写诗，还翻译诗，泰戈尔的《飞鸟集》也成为他的囊中之物。那句颇有冯氏特色的"有了绿草，大地变得挺骚"，迷倒了各类文艺女青年，她们不惜与扑面而来的非议对骂。而我，连郑振铎翻译的那版都没看过。比不了。

他曾经提出文学创作的"金线"论：文学是有一条金线的，一部作品达到了就是达到了，没达到就是没达到。对于门外人，若隐若现，对于明眼人，一清二楚。这孤傲决绝的声音，打了不少当红作家的脸。而我，自觉离那条线还很远，比不了。

他还懂经济管理，曾在咨询业巨头麦肯锡工作。那一手漂亮的字，迷倒了身边每一位共过事的女性。而我，懂的最复杂的经济管理就是看每月的工资条，写的字也仅仅在小时候得过我们那个小城市的大奖，比不了。

习惯用"肿胀"来形容肉体形容青春形容灵魂的他，竟然还是医学博士！在手术台上探究人体最隐秘的部分，这更加迷倒了不同年龄层的女性。她们最大的纠结是，在协和遇见冯大夫，是让他先签名还是先做手术？而我，顶多能给自己诊断是不是感冒了，继而去药店买盒白加黑。比不了。

你难道不对老天爷提点意见吗？怎么把那么多的才华和智慧都给了一个人！

这辈子他肯定一骑绝尘，吾辈只能在其身后闻闻土腥味了。

还好，令人欣慰的是，尽管我和冯唐老师没法比，但我老爸竟然跟他老爸有一拼！

在书里我看到了那个精瘦的老头儿，一辈子不爱说话的他在镜头里浅浅地笑着。冯唐说，他老爸从没有多过一万元的存款，就爱一直霸占着厨房给周围人做饭，而且认为任何厨神做的饭都没他做的好吃。

老头儿认识所有的鱼，认为馆子里做的都太贵。

他总爱说，天亮了，又赚了。

走的时候一点罪没受，睡着去了。

看他描写的这些情形，竟然那么熟悉。

我老爸也是个瘦瘦的老头儿，一百出头的体重多少年都没变过。他常说有钱难买老来瘦。

他也不爱多说话，低头干活儿胜过一切。在单位，是能处理各种难题的汽车修理工；在家里，是超级大厨、能工巧匠。

他能把土豆丝炒出不同的花样和味道，能把带鱼烧得比任何海鲜都好吃，能把一个面团瞬间变成一锅美味的拨鱼儿，能在刀背上推出难度极高的莜面窝窝……

现在在西贝莜面村，专门请来的农妇在玻璃格子里，把推窝窝当成了表演，那小巧的一笼竟卖四五十块钱。如果让我爸看见，估计会把假牙笑掉的。

在厨房里，他是能手；在持家的任何方面，他都是巧匠。

他认识所有的花，而且能把它们一一养活，朝气蓬勃；

他在院子里自己和泥、脱坯,盖起了小平房;

他搭起了地震棚,在我们那片宿舍区里最好看;

他随手拾起的破木板,三下五除二就钉成了小板凳,让我拿着去看露天电影;

连一块废铁片放在他那里都有用,转眼他就打成了一把炒菜的铲子,我妈到现在还舍不得扔;

他一个人挖的菜窖,比现在的冰箱还好使,有时他会偷偷把秋天的一筐苹果藏在里面,春节的时候拿出来让我们又惊又喜;

谁家的黑白电视坏了找他去修,谁家新打的家具要上漆,也找他去刷;

谁家要买二手自行车了,肯定要找他去挑选、鉴别。经过他的手和眼,人家骑着才踏实。

……

他的存款别说一万元了,属于他自己的,压根就没有。

爷爷在五十岁的时候就得肺病去世了,所以他经常说,他比爷爷的寿命长,值了,知足。

他走的时候也没受特别大的苦,给我妈写了几个注意事项,闭上了眼睛。

对于这样安静的离去,冯唐说这是老人的福德,是一生修行的见证。

他老爸走的时候他没在身边。我也是,没能在这一世和他道别，没能握着他的手让他走得更踏实些。

"一个好父亲，其实不是陪伴。您告诉我，好父亲是万事里的一杯热茶，是饿了有饭吃，是雨后陪我尽快跑去河边的钓竿……

"我见过的最接近佛的人圆寂了，留我一个人独自修行。……其实，人比的不是谁能拥有更多，比的是谁更能看开。老爸一直没拥有过什么，一直看得很开。"

冯唐把我最想说的话都说了，所以，崇拜他。

想念老爸。

那时候，
赛特竟然还能是免费展览馆

那时候，你想坐在奔驰车上哭，都找不着机器盖子。对于那届老百姓来讲，它是个遥不可及的传说，只存在于极少数人的谈资里。

那时候，大学宿舍的女歌神是叶倩文，每个床头的每个大小录音机里，都在 AB 面不停播放着她的磁带。吃着食堂五分钱一块自制方便面的穷小子们仿佛最爱《潇洒走一回》这碗热滚滚的鸡汤。

那时候，杨澜在主持春晚，赵丽蓉的探戈桥段再次演绎了什么是意料之外情理之中，那句唐山味儿的"探戈就是趟啊趟着走"，又火了整整一年。

那时候，"大哥大"还是港匪片的专用词，摇身变为电话仅在大城市崭露头角，铁岭一带断然是难得一见的。那些在街边打大哥大的，声音都格外奔放，就怕你听不见，因为那是一种身份和财富的象征。

那时候,《春天的故事》刚刚响起,一个名字很洋气的商场便在北京那条最著名的街道边上开业了——赛特。据说开门仅仅三天,就迎接了十万多名顾客!他们被超多部滚梯、超大屏的电视、超高价的劳力士砸晕了。人们心目中的宇宙第一品牌皮尔·卡丹在里面开设了专柜,那个叫皮尔·卡丹的老头儿竟然也不远万里现身在熙熙攘攘的人群中。

那是1992年,一个热气腾腾、处处都想变革的年代。

我所在的小城,电视上竟然用茄子辣椒西红柿这样的词编排出一首《满江红》为一家菜市场做广告,好像特别有文化,又好像特别没文化。那家菜市场之于赛特,就是三轮车和奔驰的关系了。

电视的另一端,突然间全民下海,人人当起了路边商人,手里有什么卖什么。翻得都没了皮的破旧小人书、家里勤奋的母鸡下的几颗红皮鸡蛋、不知道从哪个渠道搜罗来的军大衣等等,通通都摆在了夜市上,从各种岗位下班的人顾不上换掉工作服,就迫不及待地开始扮演摊主角色,体验澎湃的市场经济浪潮。

有一次,我竟然看见单位的一位老同志,高声叫卖着从老家地里刨出来的土豆。四目相对,他没什么反应,我反而脸红了。

在这种格局下,赛特离我简直太遥远,听都没有听说过。

第一次目睹芳容,那是在两年之后了。

那时我和千千万万个热血青年一样,只身来到北京打拼。和身无分文、四处流浪的人相比,我特别幸运,单位管吃住。

那是一所大学的图书馆,单位租下了顶层,一个通透的大开间。里面布置了办公桌、架起了编辑机,既是办公室又是机房。当然了,还得是宿舍——

在房间的东西两头,分别用铁皮文件柜隔开两个相对封闭的空间,支起行军床,那就是睡觉的窝了。

十多个人,有男有女,同处一室。

难熬的是晚上,有人采访回来赶播出,须连夜编辑。

新闻专题片的制作是特别枯燥的。每段采访都要听很多遍,编辑过程中还要反反复复斟酌哪句话是最出彩的。打点、预卷、录制,循环往复。

所以,你忙了一天,困得像条狗,但听着铁皮柜外各种口音、各种语调的话一遍遍不停地重复,你会有想一锤子砸了编辑机的冲动。

但,你又不敢砸,第一赔不起,第二你的饭碗肯定也会砸了。

最难熬的,是夏天。

七月入伏的北京,那个大杂烩房间还没空调,房顶上只有样式古老的大风扇。它越努力转动,热浪越滚滚而来。

给你十秒钟时间想象一下。顶层房间,太阳暴晒一整天,屋里的空气完全像兑了蜂蜜,无论你被泡在哪个角落都浑身黏腻。

要命的是，你想跟北京四合院里的大老爷们儿一样，光着膀子啃西瓜？根本不可能。因为有各个年龄段的女性同事随时从身边走过。

如果你头天晚上仍然被编辑噪音困扰，那么第二天你会搅拌在蒸腾的烦躁中，想跳楼的心情一浪接一浪地涌来。

所以，铺垫了这么多，终于跟赛特有瓜葛了。

我们队伍里的大姐大，是个北京土著。有一天突然挥了挥夹着烟卷的手，大声说："跟我走，带你们去个避暑的好地方！"

"哪儿啊？颐和园？八一湖？潭柘寺？"

"别问了，走！"大姐大已经戴上了粗边大墨镜。

那个年代真好。十块钱可以打一辆大黄蜂颜色的面的，能塞进好多人。尽管也没空调，但打开车窗，小风吹着总比那个大闷罐子强。

一路呼啸而来，面的像卸货一样把我们抛在路边。大姐大又一挥手："哥们儿们，这就是鼎鼎大名的赛特购物中心。穿戴整齐，进吧！"

赛特？好高级的名字啊！

我们从小地方来的这几个，当初在梅地亚中心考试，看见大堂里自动弹奏的钢琴都能惊呆的主儿，走进赛特的感觉不亚于刘姥姥进大观园。

踏进门的第一个感受就是，爽！空调的温度那么贴心，浑身的黏腻感立马消失了。第二个感受就是，贵！每个商品模样都挺好，但每个价签都让你一看一瞪眼。一块劳力士，十五万多；一支万宝龙，七千多；就连一条牛仔裤，也五百多，比我一个月的劳务费都高。

但，咂舌归咂舌，看着也舒服。

就这样，我们大呼小叫的，一点品相都没有，一层层地逛。

最终，一件东西都没买，但大家心里都特别满足。

忘了是谁，总结出了金句：赛特，就是一个免费的展览馆啊！又凉快又有东西看。

于是，之后的日子，身上一黏腻，我们就到赛特来找痛快。来得多了，脚步也变得优雅起来，交谈的音量也变得低沉起来，脸上的笑容也变得自信起来。

终有一次，大姐大像是商厦的官方发言人一样勒令我们："赶紧掏钱！总不能每次都空手而归吧？"

于是我战战兢兢地试了一件条纹开衫，他们起着哄都说好，害得我花掉三百多块钱，心疼了整整一个月。

多年之后，像赛特一样的商场或是比它还大的商场陆续建成，这个迷人的展览馆人气便渐渐地淡了。终于，在经过27年的经营后，传来它就要停业的消息，听完心里还有那么一丝丝不舍和怜惜。

顿顿可劲儿造，
一览众"衫"小

孩儿她妈由衷夸我的一句话是："你这辈子最大的优点是想吃啥吃啥，一点都不带胖的！"

说这话的时候满宇宙都是羡慕嫉妒恨。

没错，我的身板打小就薄得像片叶子，来点风雨就满处飘摇。这种人的共性就是吃什么都不长肉。里里外外最不善变的就是体重，跟体温一样，永远都那么恒定。

还有，这种人天生就屏蔽了一种痛苦：不敢吃，怕胖！

孩儿她妈就不同，尽管她不胖，但特别怕。吃口米饭都战战兢兢的，不大的馒头好像是颗手榴弹，碰都不敢碰。粥偶尔能喝点，但小心翼翼地只盛一饭勺，还不够喂猫的。口头禅是"吃肉不长肉，主食最长膘"，可把肉摆在她面前，又说"脂肪量太高，绝对不能碰！"

只有青菜叶子能勉强嚼巴嚼巴。我总说她是属兔的。

其实她最爱吃甜食，对蛋糕、巧克力之类的蛮有感情。

但,每次买来,都只为观赏。仔细端详一阵子,再使劲儿闻闻,算是对自己交代了。

每次称体重,都是先用一只脚的脚尖轻轻接触面板,好像泡脚试水温。接着脚掌再慢慢落在体重计上,金鸡独立重心拿稳之后,另外一只脚再重复之前的规定动作。看数字的时候不能太突然,头得静悄悄地低下去,因为用力低头有可能会蹦字儿。全套下来,仿佛是在练轻功,又似乎是电影慢镜头。

冷眼旁观,竟弥漫了一种宗教感。

如果那个闪烁的数字比较理想,下秤后有说有笑;如果超过了心理预期,那表情比丢了钱包还凝重,恶狠狠地丢出两个字:节食!

于是,之后的几天会主动给家里省不少饭菜钱。

我真是打心眼里佩服,这么多年了,与三餐为敌的戏码一直就这么演着,连中场休息的意思都没有。

还甭说,体重基本持平,没什么大起伏。

忍不住采访一下心得,媳妇把最值钱的体会拿了出来:"无他,唯控制尔。"

好一句名人名言!六个字道出了人生真谛。

还别说,我遇到的不懂控制、不会控制、不想控制的人,最后都成了胖子。顿顿可劲儿造,是他们的真实写照。

吃,是他们人生的基本要义,而且逢吃必饱,最好撑到爆。

一同事，明明晚上大家刚痛吃了火锅，可到凌晨两点，他发朋友圈：饿醒了，如何解？

据说经过了一番思想斗争，最终还是拉开了冰箱，烧饼就香肠，解决了当前的困扰。再次躺到床上，他安慰自己，毕竟离200斤还差着行市呢！然后流着哈喇子甜甜地睡去。

谁知，早上他又发了一条朋友圈："楼下新开的馄饨店真心不错！薄皮儿大馅儿自不必说，油条炸得也棒，绝配！"从图片里能清楚地看到，一海碗馄饨，俩卤蛋，一碟小菜，还有最要命的五根又粗又长的油条！

我的天呐！

早餐一般人就是一奶一蛋一面包，足矣。而那些不一般的人这点量只能算餐前预演。

更有甚者。以前住单位宿舍，隔壁的一陕西哥们儿，家里的早餐绝不凑合，也不流俗，必须得像正餐那样炒菜做饭，煎炒烹炸。餐桌上米饭馒头一荤两素，豆粥羊汤样样齐全。他家厨房一大早就变成了热热闹闹的战场，彻底颠覆了我对早餐的认知。

赶上他娶了个勤快的媳妇，每天早晨五点多起床，雷打不动。而且看着老公被自己勤劳的双手喂得白白胖胖，特别有成就感。

这哥们儿也被纵容得无法无天。有一次竟跟媳妇提议，咱明天早上吃酸汤饺子吧！好久没吃，想了。

就为这一句话，那位深具古典气质的媳妇，连忙打电话给婆婆，虚心请教制作酸汤饺子的秘籍，并且赶在超市关门前置办了所有的食材和物料。

接着，惊天地泣鬼神的动人事迹开始上演了。待胖子睡熟后，媳妇半夜两点起身开始拌馅和面；五点开始包饺子熬汤；七点胖子刷牙洗脸后，一大锅热气腾腾带着家乡原始基因的酸汤饺子，被恰到好处地端到面前。

除了可劲儿造，你说还能干啥呢？据说吃完那一大锅，胖子还意犹未尽。

到单位，他跟大伙儿宣讲了这个优美的爱情故事，一边说一边不断扶着眼镜。因为鼻梁上的油滋滋往外冒，镜框都待不住了。

同事们都夸他娶了个好媳妇，尤其是单身汉们顺便把寻偶标准据此提高了一个档次。

的确，在他媳妇的精心喂养和自己的孜孜以求下，从结婚时的体重160斤，几年时间迅速飙升到230斤。柜子里的衣服也跟着频繁更换，因为身上的福发起来，自然就一览众"衫"小了！

做什么饭啊，
吃两颗胶囊得了！

说出这句至理名言的是孩儿她妈，每次吹响冲锋号硬着头皮走进厨房的时候，她都会发出这样的感慨。

因为她特别不爱做饭。每次她这话一出，便会遭到我和闺女秋风扫落叶般的白眼。她不怕，有一堆话等着回击呢——吃两颗胶囊多方便？省下多少时间？爱吃火锅做成麻辣味的，爱吃烤鸭做成葱油味的，爱吃西餐做成咖喱味的……一口水、一扬脖就能管饱，没准我这主意能得诺贝尔奖呢！

那谜一般的自信，我竟然无法反驳，有时甚至差点被圈粉，站在她的立场上了。

是啊，厨房是时间和精力的绞杀机，就是做个最低配的土豆丝，你也得乖乖经历水洗、刮皮、切片、切丝、剥葱、拍蒜、点火、倒油、炝锅、翻炒、加料、起锅、装盘这一系列固定流程，少了哪一环似乎都不行，缺了哪一步好像都不是那个味儿。

她最痛恨切土豆了，作为淀粉集成者的那一坨，刮完皮黏黏的、滑滑的，切片到尾声的时候，刀的走向和力度都不好控制，弄不好刀刃就奔了手去。所以一到这个关口，她都不由得浑身较劲，两个胳膊愈发僵硬起来。随着一声痛骂，在我不注意的时候，她把最后剩下的那块在手里翻来覆去拿捏过的土豆，迅速扔进了垃圾桶。

随后，长舒了一口气。

所以，经由她加工过的土豆丝，一般来说分量都是打了折扣的。

我假装没看到而已。

在切菜经历磨难后，她铁了心转向设备求助。

在查了各种攻略后，面包机、吐司机、烤箱相继来到我家厨房。还别说，它们静静地待在那里，一副很有品质的模样。无论是金属发出的光亮还是炭黑色有机玻璃反射的光芒，都让人心生欢喜。

但，这丝丝欢喜像北京天空上微弱的彩虹，来之不易还稍纵即逝。

先说那个小巧可爱圆滚滚的吐司机，首秀就来个下马威。把面包片压进去之后，经常在电影镜头里出现的、砰的一声蹦出来的帅气模样迟迟没有到来。直到一股浓烟过后，它才像受了惊吓一样跳将出来，披着一身漆黑的战袍，面目极其可憎。

那股子刺鼻的煳味,宣告了本次料理的失败。

打扫战场的时候,她没等"小胖儿"凉透就狠狠盖上了盖子,仿佛是一种警告抑或是一种惩罚。

不过,比起"小胖儿"来,敦敦实实的烤箱遭的罪就更大了,其处女秀可以说是撕心裂肺的。

她翻完说明书后,信心满满地说:"先得空箱预热!"于是,插电、定时、开机。

倒计时结束的清脆声还没响,我和闺女就闻到了一种近乎恐怖的化学气味。那种杀伤力特别法西斯。

等我们冲进厨房的时候,看到了谋杀现场:厂家好心相赠的烤食品用的铲子、夹子等,都被她留在了箱体里,正在残酷地受着发红碳棒的炙烤!每一只塑料手柄都像牛皮糖一样无奈地摊成一坨,那可怕的味道就是它们发出的呐喊。

合着这位伟大的厨娘,只拿出了说明书便不问西东地按动了电钮,动作够迅猛!

那几只丑陋不堪的工具我没舍得扔掉,因为它们记载了一个不同寻常的故事,每每看到都会让我露出莫名的微笑。

相比之下,面包机是最幸运的了,没有发生惊天动地的事情,用了几回便静悄悄地待在了角落里,用寂寞的心体会着我家厨房火热的气氛。它不应该委屈,因为她满头大汗用它做出的面包——姑且能称得上面包的话——让我忽然想起了小时候家里偶尔蒸坏的馒头：面没发好，碱没搭够，吃进嘴里又酸又黏，咽起来费劲。而我和闺女都臭不要脸地大声称赞了那个费了很多鸡蛋、酵母粉、黄油、葡萄干的新生事物，相信它都听到了。受了表扬还又能持续多年闲着，这不挺好吗？

当然了，孩儿她妈经过多年历练，也是有拿手好菜的：可乐鸡翅。每次做，都会得到闺女的当面夸奖："好吃！"

有一次加完班，我问闺女："妈妈今天做的啥饭？"

"鸡翅。"

"香吗？"

"嗯。不过又糊了。"闺女轻描淡写地说。

一个又字，泄露了好多机密。

估计那天她又跟闺女兜售那个绝佳的胶囊计划了。

新冠时期的插曲

你有没有发现,在家待久了,不仅腿脚功能退化,语言功能也大打折扣了。嘴皮子松得咬不住字。

一日,筹备午饭。我问妻:"莫不如炒个耳钉?"

……???

妻极诧异:"我连耳环都没有,到哪儿置办耳钉?"

"不不,咱没那么多银子!"我惭愧之极,忙拿出一粗鄙莲藕示意。

藕丁!

招致她耻笑数日,不时以"来份耳钉"挑衅。

不过,伊高兴太早。未几,便被我捉住把柄——

那日晨起,她随口问闺女:"宝贝,刚才拉婶儿了吗?"

闺女被惊得嘴张老大,牙膏沫差点咽下去。上厕所从没被叫得如此之亲切。婶儿被拉了,很无辜。叔儿表示很庆幸。

代沟这种东西,看不见,但总是不能被填满。

每日食谱,对宅家多日的人来说,是时时要面临的大考。尤其在孩子面前,总想拿出点新花样来。

这日,怀旧之情浓郁。我突然想起小时候过年过节家里必做的一道美食。便问闺女:"今天老爹给你炸油香吧?"

小美女不置可否。沉吟良久,怯生生地问:"e-mail 怎么炸?"

……???

这回轮着我一脸懵懂了。

"咱吃饭跟电脑没关系。"(请设想我脑门上密集的黑线)

"你不是说炸邮箱吗?邮箱不就是 e-mail 吗?"

嗯,好吧。你赢了!

我笑够一分钟后,给闺女普及了"油香是一种发面小油饼"的硬核知识。她表示对该词条的掌握,是当天网课最廉价的额外补充。

闲来无事,便弹钢琴解乏。不会正儿八经的曲目和指法,只会右手单音阶往外蹦。听着也还可以,反正音符都连上了。

"这是什么曲子?"闺女睥睨地问。

"太阳最红毛主席最亲。"

"哦。"

她该干吗干吗,一点没在意我的才艺。

翌日,妻问:"宝贝,你爹昨天弹什么曲子了?"
她想了半天:"太阳最红,毛主席……最棒!"
服你了!

有时候伤害孩子的，恰恰是他们的父母

记得五岁那年，妈妈想让我提早入学，因为身体孱弱的我生活中最大的乐趣就是把家里的门板当作黑板，在上面不停地写写画画，已经学了很多生字。

于是，跟着妈妈来到她工作的学校，去教务处经历了人生中第一次"面试"。

有两个阿姨，笑容可掬地问了我姓名和年龄之后，抛给我一个十分深奥的哲学问题：你最爱谁？

活了五年，还真没认真地想过这个问题。我眼睛都没带眨的，开始了严肃的思考。

妈妈见我半天没出声，便捅了捅我的后腰，示意我抬头看墙上贴的巨幅画像。

我似乎立刻就懂了，大声说："我最爱毛主席！"

教务阿姨满意地笑了。接着，又抛出了第二个灵魂拷问：你最恨谁？

我继续抬头看画像,但毛主席前面那四个爷爷我都不认识,长大以后才知道那是马、恩、列、斯。

于是,我又陷入了痛苦的思考。时间仿佛凝固了,插跟线捻,都能当蜡烛使。

教务阿姨开导我:"想想现在谁最可恨?"

我深情地看看妈妈,咽了咽口水,斩钉截铁地回答:"我最恨我爸!"

教务阿姨扶了扶眼镜:"为什么啊?"

"因为他总跟我妈吵架!"

屋里的三个大人爆发了开怀的笑声,持续时间之长让我意识到我的答案似乎有点问题。

妈妈搂了搂我肩膀:"傻孩子,你应该最恨林彪,他是大叛徒!"

原来,入学考试最基本的标准答案是:我最爱毛主席,我最恨林彪。妈妈在来时的路上也没叮嘱过。

最终,教务阿姨语重心长地跟妈妈说:"孩子太小了,等一两年再来上学吧!"

回家的路上,妈妈没为上不了学而在意,最担心的是我的那句回答。"爸爸妈妈吵架,你是不是最不开心?"

"嗯,我害怕。"

那个年代,家家都过得很拮据,一日三餐、柴米油盐是最大的生存课题。由此而生出的无数琐事,都有可能变成矛盾，让抗着重压的爸妈相互争吵。

他们吵着闹着，日子无限重复地过着，并没在意一个小小的心灵每天在矛盾的漩涡中受到了怎样的困扰。那种精神伤害，其实比起头疼脑热磕磕碰碰，更深刻更痛楚更绵延不绝。

很多人都有过相似的童年经历，在这样的家庭环境中长大，相比其他人更容易产生自闭、焦虑甚至抑郁的情绪。而无休止争吵的父母，对此其实并不自知，起码不会意识到问题的严重性。

而有另外一些家长，因为对自己行为的放纵，给孩子带来更大的伤害。他们由于种种原因而锒铛入狱，留下孩子独自生活。

他们有个统一的名称：服刑人员子女。

在爱心人士的帮助下，这些孩子被安排在特殊的场所一起生活和学习。尽管不用再为下顿饭在哪里吃而担忧，但精神世界却被打入了无边的牢狱，黑暗中透不出一点阳光。

自卑、敏感、不安……这些情绪就像沉重的外壳，禁锢住幼小的心灵。

原来供职于财经频道的主持人王小骞讲过这样一次经历——她随爱心人士一起去看那些需要帮助的孩子，带了蛋糕、饼干、水果等好吃的东西。面对这些诱人的食品，若是一般的孩子，早就叽叽喳喳不由分说地来分享了。而他们，则是默默地坐在座位上，蛋糕都切开了，依然一动不动。

而且，大部分孩子都低着头。

有些孩子偶尔抬眼瞟一瞟那些食品，又迅速拉低视线，生怕被发现。

小骞说，如果你在那样一个现场，一定会很难受。

直到大人们说了好几遍"开始吃吧，这些都是你们的"，他们才敢狼吞虎咽，把分给自己的蛋糕一扫而光。

但，过程依然是默默的，没有那个年龄段的孩子应该有的活泼和灿烂。那种压抑，让人心里感到隐隐的痛。

饼干发到每个人手里，他们都紧紧攥着，舍不得吃。有个乖巧的小女孩吸引了小骞的视线，她枯坐在人群中，仿佛只生活在自己的世界里。一双大大的眼睛很漂亮，但你从那里看不到一丝生气和活力。

小骞试着和她聊天、做游戏，但很难看到笑容。父母的错，仿佛被移植到了她的身上，变成了挥之不去的绳索。

临走的时候，和她道别。小姑娘把攥在手里的饼干送给小骞。小骞再三推辞，她都不肯，一定让这位真诚对待她的阿姨收下。小骞拿了其中的一块，把其余的饼干留在了小姑娘的手心。

眼泪一同从一大一小两个人的面颊淌下来。

志愿者们都上了车，踏上回家的路。

车窗外，透过扬起的一片尘土，小骞突然发现，那个攥着饼干的小姑娘一直在跑,追随着他们的车辆。

炫目的阳光、飞扬的尘土、奔跑的女孩……

"这个画面一辈子都忘不了。"小骞说。

那个时刻,是扎心的痛。

家教是送给孩子最贵的投入

有一天在朋友圈里看见同事晒娃,不是华服不是笑脸,而是小小少年在路边卖力地摆放散乱的共享单车。一条人行道,在小家伙的努力下变得不再混乱不堪。

我赶紧给同事来个大大的手动赞!他说,儿子现在都养成了习惯,看见胡乱摆放的单车就会伸手去整理。

我问他,是你要求他这么做的吗?

他回了个笑脸,说没有刻意要求孩子,而是有一次自己这么做,他看在眼里就学会了。

重要的是,孩子因此觉得很快乐。

这大抵就是言传身教最生动的例子吧?

古人曾告诫天下身为父母之人,要懂得"生而养之,养而教之"的道理。也说出了家教对一个人成长的重要性。

我记得我们小的时候听见最刺耳的话就是:这孩子怎么有人养没人管?——这可能是对一个不懂规矩的娃和不施教

育的家长最刻毒的指摘了。

在学校，老师教导我们怎么守纪律；回到家，爸妈告诉我们怎么守规矩。比如：见到长辈怎样打招呼，客人来了怎样沏茶倒水，吃饭的时候如何食不多言，坐公交的时候如何礼让座位……

总之，任何一个待人接物的细节，都会反映一个人的教养。有教养，就会让人自带光环。老爸从骨子里认为，给孩子好吃好穿都不如好家教来得贵重。因为爷爷就是这么想、这么做的。

当然，也有矫枉过正的时候。我天生是个左撇子，一上饭桌，自然而然用左手拿筷子。老爸每次都干脆利落地用他自己的筷子敲打我的左手，并送上四个字：不懂规矩！偶尔还加一句：以后上不了大台面。

于是，我生生改成了右手吃饭。身为全市业余冠军的他从小教我打乒乓球，也是从右手握拍开始。现在看来，其实左手更难对付，许昕、波尔、王楠一大票名将都是让对方闻风丧胆的左手大侠。

这是题外话了。在老爸看来，规矩最重要，而谁去教孩子守规矩呢？家长首先要负起这个责任。

遗憾的是，现在很多家长，似乎没什么兴趣去关心家教，而是更多地关注怎么哄孩子开心。久而久之，做人的规矩就离他们渐行渐远了。

于是，你会看到在公共场所有人大声喊叫而不自知，在地铁上不停刷着抖音而不戴耳机，开车随意加塞而不脸红，电影院里迟到了依然大摇大摆找座位而不弯腰……

在他们的意识里肯定不会认为这些不正确。

一次在地铁上遇到一家去西客站赶火车的人。我起身给其中的老人让座，她竟然连一个微笑都没有回馈，同行的大大小小五六个人里也没一个人说声谢谢。

当然，我让座并不为了得到感谢，是基于对老年人的尊重和善意。但没有一丝良性反馈，让我足以判断，这个涵盖了三代人的家庭应该没有什么家教，因为他们连最起码的礼貌都不懂。

曾经我觉得，家教可能跟家长的文化学识有直接关系。但，有太多的事让我否定了这一看法。

一次参加聚会，在座的都是有学识有资历并事业有成的人。其中的一位带着上小学的儿子来。谈话间，这位少爷抓起别人面前的水果就吃，吃两口就扔在了桌上。更让我目瞪口呆的是，他竟然鞋都不脱就登上扶手，坐在了他爹肩上！

这位高级人士非但没管，反而大加赞赏，夸他儿子的运动本领特别高。在大家呵呵呵的回应中，那孩子又做出了惊人的举动：起身站到了椅背上，并在父亲的搀扶下迈到了旁人的椅背上，不亦乐乎。

众人的脸色都比较复杂，大家都不难看出此人难有家教，而且对他儿子的公共场合行为约束教育也几乎为零。如果当年的我有这样惊世骇俗的举动,我那当工人的老爸一定把我的屁股打烂了!

所以,家教跟学历和财富一点关系都没有。

你愿意给孩子买最贵的玩具吃最好的美食赴最远的旅程,殊不知最贵的投入是让孩子受益一生的家教!

成长，
总有几次"咯噔一下"

跟牛群前辈闲聊，他说这辈子有两次心里咯噔一下——平时大家都叫他牛哥，突然有一天，有人叫他牛叔了，他觉得日子在提醒他，青春已然飞鸟般不在；又有一天，有人竟然叫他牛爷爷，让他彻底意识到自己正在步入老年人行列……

尽管七十岁的他说，自己的内心年龄还是壮如牛的刻度呢。

这两次咯噔一下，仿佛是声如洪钟的雷鸣，让浇在灵魂里的暴雨更加肆虐，冲走了不知多少无法言说的怅然。也好像小时候种下的牛痘，刺痛之后，是胳膊上留下的一个永远都抹不平的疤痕。

同样，我也有咯噔一下的时候。

一次是在三十岁生日的夜晚。北风呼号，惨淡的月勉强挂在天上，仿佛一不小心就要被风刮跑。那时的我还在当记者。生活单调，乏善可陈，时间几乎都被工作填满。机房在办公大楼的负一层，一群北漂每天从自己租的地下室跑到单位的地下室，埋头苦干，不问昼夜。

因为在那样的生存空间，你也分不清昼夜。

那天收工回家，依然是下半宿了。租住的小区路上空无一人，一月底的寒风打着圈刷存在感，大概是在给这个夜归人整点欢迎仪式吧。有那么一刻，我的心里忽然咯噔了一下。想想自己悄然告别了二字头的年龄，进入而立之年。二十郎当岁的小伙子永远不复存在了，面对行将学识自立、事业自立的年纪，有一种深深的不安。未来在哪里？未来会怎样？

都不知道。

只能明确地感觉到身体的疲惫和仅有的倒头便睡的欲望。那个场景，被我的眼睛摄录到大脑硬盘里，编配了煽情的同期声，可以保留一辈子，删都删不掉。

再一次的咯噔一下，是在四十岁的生日夜晚。

尽管依旧寒冷，但内心是暖的，踏实的。有同事围坐在一起，有酒，还有蛋糕。十年间很多东西都发生了改变，三字头的岁月是积累也是绽放，一如初春的花，把蛰伏一冬的劲儿全使出来了。

吹完蜡烛后，我的内心震颤了一下，并对自己表示了怀疑：难道真的已经四十岁了吗？小的时候说谁四十多岁，心里认定那肯定是老头儿了。莫非刚刚唱完《千里之外》和《菊花台》，就已经老了吗？

那之后的几天，对不惑之年仍然有些抗拒，甚至有点恍惚，不敢相信。

真正到五十岁生日的时候，反而很平静，没有咯噔没有波澜甚至还有点小小的喜悦。因为，在这之前就已经想好了，进入五字头之后，开始认认真真地重活一次。

你看黄永玉老先生，越老越高产，越老越安然。看他在巴黎街头的画作，每一幅你都想走进里面去，和这位挥着画笔的老人畅谈。他说他就爱画画，有什么能比自由自在做自己喜欢的事更幸福的呢？

高晓松曾经说，到了人生下半场，敌人只剩下自己。

嗯，这下太好了！我不会给自己下绊儿，不会给自己穿小鞋；我会和自己握手言和，友谊天长地久；我会拍拍自己的肩膀：干得不错，继续吧！

在百岁马拉松的折返点，没有什么阻挡物的感觉太好了！

[尾声]

悠长深远的阿卡贝拉

周游世界
有什么意思呢
把熟悉的自己给了陌生的城市

夜夜笙歌
有什么意思呢
把空虚的自己给了膨胀的酒吧

都不如
我简陋的书架
盛得下繁复的生活

遇见

一切的遇见,其实都是缘。

只不过有些遇见,是化学反应。倏然间它便产生能量,发光,让你看见前程;发热,让你赤膊奔跑在雪夜。

能让素昧平生的你看见这些文字,我当感谢两种遇见。

其一,是微信公众号。它着实了不起,有着不同温度不同色彩不同个性的文字得了它的加持,瞬间便能攻破四海八荒,无论你是否喜欢,它都在你不大的手机屏幕上任你浏览,抓住你的眼睛。就像餐桌上突然端上来一大盆水煮鱼,不管你饿不饿,看着别人都如怪兽饕餮的时候,你也情不自禁咽了咽口水,挥筷讨伐。

我就是这般在公众号这朵奇葩正值花未全开、月未圆之际,开垦了个人园地,并为之命名曰"精彩从下半场开始"。

说起来我还算是比较勤奋的园丁,脑袋里一萌发闪光的种子,便动手培土施肥,等着绿油油的小苗伸展着臂膀破土而出。很多人问，东奔西跑地工作，干着永远干不完的活，还有时间在键盘上敲字吗？答案其实你已经替我说了：如果愿意，时间总会从手中干瘪的海绵里拧出来！

爱好是个很奇特的东西，你点灯熬油发完一篇公众号的时候，感到的并不是疲惫，反而是一身轻松，像是给自己的精神躯体做了个通透的 SPA；爱好还是个有韧性的东西，尽管我的公号从未诞生过一篇"10万+"的雄文，但只要有一颗点亮的"在看"，下一篇就会在不远处晃晃悠悠地走来。

有一个词叫甘苦自知，其实在这件事情上，我体味的全然是甜，而且像小时候第一次吃大白兔奶糖时念念不忘。所以，我得感念这种遇见：它让文字有了你我彼此的互动，每一次的手动点赞都是对创作热情的一种保温。

另一种需感恩的遇见，是在极其偶然的机会下，我认识了广西师范大学出版社的老师们，是他们让我那些零零散散的文字，集结成了我的第四本书。

对于这家出版社，之前其实没有一点认知。我的一位友人是它的忠实粉丝，他告诉我很多知名的社科类书籍都是出自这家出版社之手，"不信你翻翻你的书架！"说这话的时候，他的眼神里充满了鄙视，仿佛有只无形的手在抽打我的无知。

羞愧的我照做了。果不其然，施展的《枢纽：3000年的中国》是第一个冲进我视野的，因为它厚厚的书脊上就赫然印着"广西师范大学出版社"；电视剧《清平乐》热播之际入手的《宋仁宗：共治时代》也是他家新鲜出炉的力作。再慢慢翻翻之前的书，发现妻子买过的很多读物竟然都诞生于这同一方园地！摆弄着这些不同文风、不同体裁的佳作，仿佛又触摸到了它们曾陪伴过的那些温暖而精彩的夜。

惊艳到我的，是武汉疫情期间的一个热搜：在方舱医院的病床上，一位与众不同的"清流哥"，戴着口罩在读一本厚厚的书。他在恐慌、焦虑、不安的大背景下，显得独树一帜，高贵而从容。

通过细致的报道我得知，那本大部头是《政治秩序的起源：从前人类时代到法国大革命》，广西师范大学出版社出版的！偶然中似乎有种必然，这让我又对它多了几分崇敬。

如今，我也成了这片园地中的一株小草。

无论能否长大、长高，我都骄傲！